오 늘 은

식

물

초록이 건네는 조용한 위로

오 늘 은
식
물

김선곤 글 | 무늬 그림

Dreamday

프롤로그

　예전부터 글쓰기를 좋아했다. 내가 알고 있는 지식과 생각을 글로 담는 걸 즐겼고, 그 결과물로 전자책을 쓰기도 했다. 그 전자책은 추후 강의 영상으로도 만들어졌다. 하지만 여전히 나는 글쓰기에 목말랐다. 그러던 중 출판사에서 연락을 받았다.

　"사람들에게 식물 정보를 나누는 작가님과 책을 만들면 좋겠다는 생각이 들어 연락을 드렸습니다."
　"식물을 단순한 인테리어가 아닌 생명으로 인식하고, 함께해야 함을 알리고자 합니다."

이 문장이 너무나 따스하게 다가왔다. 집필을 제안하는 메일을 읽는 내내 서정적인 음악이 들려오는 듯했다. 메일을 다 읽자마자 출판사에 연락을 했다.

이 세상에는 수많은 안내서가 존재한다. 식물에 대한 안내서 또한 셀 수 없이 많다. 하지만 나는 단순한 '정보 전달서'를 쓰고 싶진 않았다. 식물은 아이나 반려동물처럼 돌보고 함께 살아가는 사람이 너무나 중요하다. 그렇기에 반려식물에는 식물을 키우는 반려인의 경험과 생각이 그대로 드러난다. 반려인의 마음을 알 수 있는 반려식물처럼, 나만의, 우리 부부만의 경험과 생각을 이 책에 녹여내고 싶었다.

《오늘은 식물》에는 꽃과 식물에 대한 정보뿐만 아니라, 꽃과 식물을 사랑하는 사람들의 이야기가 담겨 있다. 또한 우리 부부가 퇴사를 결심하고 플라워스튜디오를 연 이야기부터 매장을 운영하는 이야기, 식물을 키우면서 겪은 다양한 경험도 들어 있다. 꽃과 식물에 대한 정보가 필요한 분들, 자영업자의 일상이 궁금한 분들, 유튜버 '꽃읽남(꽃 읽어 주는 남자)'이 궁금한 분들 모두에게 조금이나마 도움이 될 거라 기대해 본다.

우리 부부의 식물 아지트이자 쉼터인 유월 플라워스튜디오는 삼면이 유리로 되어 있다. 외부에서 정문을 봤을 때 오른쪽 면은 오전에, 왼쪽 면은 오후에, 문이 있는 정면은 오전과 오후 사이쯤 다량의 햇빛이 쏟아져 들어온다. 식물이 자라는 데 최상의 조건을 갖추었다고 할 수 있다. 하지만 그런데도 식물이 아플 때가 있다.

우리네 삶도 그렇다. 누구나 아플 때도 건강할 때도 있다. 현실의 장벽에 움츠러들고, 눈앞에 다가온 오르막길에 주춤하고 망설이기도 한다.

하지만 아픈 시기를 이겨낸 식물이 다시 초록을 빛내듯, 힘든 시기를 견디어 낸 마음은 더욱더 단단해진다. 눈앞에 오르막길을 마주해 움츠러들고 주춤하고 있는 사람이 있다면, 절대 꺾이지 않는 식물의 생명력을 전하고 싶다. 이 책을 시작으로 식물과 식물을 사랑하는 사람들을 알게 되고 푸르른 생명력을 접하면서 시들어 가던 마음에 밝은 희망이 차오르길 기대해 본다.

이 책이 나올 수 있도록 물심양면으로 도와주신 스푼북 출판사 관계자 여러분과 특히 박선정 편집자님께 진심 어린 감

사의 뜻을 전한다. 더불어 앞으로 평생을 함께할 사랑스러운
아내 문지은님, 그리고 우리 가족들을 비롯해 나를 아껴 주는
모든 분께 감사의 말씀을 전한다.

2024년 어느 날,
유월 플라워스튜디오에 자리한 꽃과 식물들을 바라보며.

차례

3장 식물을 묻다, 초록을 묻다

1장

어느 겨울,
유월이 피어나다

식물 덕후 아버지의 집들이 선물

2018년 6월, 아내와 나는 일 년 사 개월의 연애를 마치고 많은 사람들의 축하를 받으며 결혼식을 올렸다. 지인의 도움으로 새집에 입주한 우리는 앞으로 함께 살아갈 공간을 어떻게 꾸밀지 고민했다. 생활하는 데 꼭 필요한 가구를 사고 나니, 집을 좀 더 안락하게 만드는 것들에 관심이 생겼다.

그러던 중 아버지가 식물을 보내셨다. 우리 집에 가장 먼저 도착한 집들이 선물이었다. 아버지는 식물에 온 마음과 정성을 쏟는 식물 덕후셨다.

"집에 식물 하나쯤은 있어야지, 이런 초록색의 생명이 있어야 집안이 잘되는 거야."

아버지는 이런 말씀과 함께 '실린드리카'를 보내 주셨다. 다육이의 한 종류인 실린드리카는 '스투키'와 비슷하게 생겨서 많이들 혼동하는데, 줄기의 단면을 보면 그 차이를 알 수 있다. 실린드리카의 줄기 단면은 동그란 원 모양인 데 비해 스투키의 단면은 살짝 홈이 파여 있어 완전한 원 모양이 아니다.

지금이야 플라워스튜디오에서뿐만 아니라 유튜브 등을 통해 반려식물에 대해 열심히 떠들고 있지만, 당시만 해도 내게 식물은 인테리어의 하나일 뿐이었다. 집안이 잘되길 바라는 아버지의 마음이 담긴 식물을 잘 돌봐야 했지만, 그러질 못했다. 아니, 식물을 돌봐야 한다는 생각 자체를 하지 못했다. 그렇게 우리 집에 들어온 실린드리카는 안방 한구석에 자리를 잡았다. 내 키의 절반 정도 되는 높이에 크기도 작지 않아서 안방 인테리어로 딱 맞았다.

"와…….. 저 식물 너무 예쁘다. 침대랑 딱 어울리는데?"

집들이 온 사람들의 반응을 보면서 겉으로는 덤덤한 척했지만 속으로는 많이 기뻤다. 실린드리카를 선물한 아버지께 감사했다. 그리고 무엇보다 안방에 놓길 잘했다고 생각했다. 하지만 이 기쁘고 감사한 감정은 그리 오래가지 못했다.

당시 우리 부부는 각자 회사에 다니고 있었다. 대체로 아내가 나보다 늦게 퇴근하는 경우가 많았는데, 그날 역시 그랬다. 지친 몸을 이끌고 집에 들어온 나는 어두운 주방에서 물을 한 잔 마신 뒤 안방 불을 켰다. 그리고 그대로 얼어붙었다. 실린드리카의 키가 확 줄어 있는 것이 아닌가. 안방 분위기를 살려 주던 실린드리카의 초록색 줄기 중 절반은 노랗게 변했고, 팽팽하던 표면은 쪼글쪼글해져 있었다. 매일 잠자고 생활하는 공간에 있는데도 왜 몰랐을까. 우리 부부에게 안락함과 뿌듯함을 안겨 주었던 실린드리카는 무관심 속에 소리 없이 시들어 가고 있었다.

지금 같으면 당장 바닥에 신문지를 깔고 실린드리카를 꺼내 뿌리부터 확인했을 것이다. 하지만 당시 식물에 무지했던 나는 그저 놀란 마음을 가라앉힌 뒤 편안한 옷으로 갈아입고 휴식을 취했다. 실린드리카를 살릴 수 있는 골든타임이 지나가는데도 말이다.

그렇게 우리 집에 들어온 첫 집들이 선물이자 생명인 실린드리카는 유명을 달리하고 말았다. 곰곰이 생각해 보았다. 뭐가 문제였을까? 무엇이 우리 집 실린드리카의 운명을 결정했을까? 답은 '통풍'에 있었다. 그리고 통풍에 결정적으로 영향을 미친 것은 화분과 실린드리카가 놓인 위치였다.

식물에게 통풍은 매우 중요하다. 대부분의 식물은 뿌리를 흙 속에 넣고 사는데, 화분은 뿌리의 통풍에 큰 영향을 끼친다. 화분이 숨을 쉬어야 흙도 숨을 쉴 수 있고, 공기가 순환되면서 식물의 뿌리도 건강해진다. 하지만 아버지가 선물한 실린드리카는 빈틈이 전혀 없는 튼튼한 돌로 만들어진 화분 안에 뿌리를 내리고 있었다. 공기 순환이 이루어지기 힘든 화분으로, 아마도 당시 실린드리카의 뿌리는 젖은 채로 썩어 가고 있었을 것이다. 그런 상태인 줄도 모르고 나는 주기적으로 물을 줬다.

화분의 위치를 안방 구석으로 선택한 것도 치명적이었다. 보기에는 좋았을지 몰라도, 바람 한 점 불지 않는 안방 구석은 식물에게는 최악의 장소였다. 화분 자체가 돌이라 큰 효과는 기대하기 어려웠겠지만, 출근하기 전에 베란다로 옮겨 놓았거나 좀 더 환기가 되는 장소에 놓았다면 이렇게까지 짧은 시간에 죽지는 않았을 것이다.

실린드리카를 그렇게 보내며 미안한 감정이 들었다. 식물도 우리처럼 생명이다. 인간이 그러하듯 식물 또한 환경이 뒷받

침되고 질 좋은 양분을 흡수하면 잘 자랄 수밖에 없다. 그런데 식물을 죽게 놔두었으니. 뒤늦은 후회가 밀려왔다.

"여기 있던 식물 어디 갔어?"

집에 놀러 온 친구가 물었다. 집들이 때 실린드리카를 보고 감탄했던 친구였다. 그때 우리 집 안방을 보고 좋아 보여서 집에 식물을 들였는데, 실린드리카가 사라졌으니 놀란 것이다.

"죽어서 버렸어, 내 탓이지 뭐……."

나는 친구에게 우리 집 실린드리카가 왜 죽었는지 구구절절 설명하며 환기와 통풍에 신경 쓰라고 당부했다. 내 말을 가만히 듣던 친구가 말했다.

"난 그냥 식물을 인테리어 정도로 생각했는데, 네 말을 듣고 보니 잘 키워야겠다는 의무감 같은 게 생기네. 갑자기 부담되는데?"

의무감과 부담감. 식물을 들이려는 사람에게 꼭 필요한 마음이다. 집 안에 들이는 식물은 스스로 살 수 없다. 식물은 우리가 키워야 하는 '생명'이지 그냥 두는 '물건'이 아니다. 그렇기에 책임감이 꼭 필요하다. 그러니 식물을 집에 들일 때는 신중

하길 바란다. 내가 감당할 수 있을지 내 생활 패턴과 어긋나지는 않는지, 앞으로 함께 살아갈 식구를 데려오는 심정으로 신중히 생각하고, 데려온 다음에는 오래오래 함께할 수 있도록 잘 돌보아야 한다.

 유월이 움트다

"아, 너무 억울해……."

퇴근하고 돌아온 아내의 입에서 평소와는 조금 다른 말이 튀어나왔다. 코로나 19의 여파로 아내가 있던 팀이 없어진단다. 뉴스에서나 보던 일이 실제로 일어난 것이다. 갑작스러웠지만 어차피 겪게 될 일이 좀 더 빨리 일어난 것이라고 생각하기로 했다. 하지만 담담한 나와 달리 아내의 감정은 널뛰었다. 처음에는 억울했고, 슬펐다가, 다시 억울해서 화가 치밀었다고 했다.

아내의 다친 마음을 위로하며 많은 대화를 나누었다. 어차피 회사를 평생 다닐 수는 없다. 오히려 기회라 생각하고, 아내가

하고 싶은 일을 적극적으로 함께 찾자고 다독였다. 패션디자인 학과를 졸업한 아내는 색을 조합하는 센스가 있었고 손재주도 좋은 편이었다. 마음을 가라앉히고 곰곰이 생각하던 아내는 평소 좋아했던 꽃을 전문적으로 배우고 싶다고 했다.

아내는 서울뿐만 아니라 강릉, 천안까지 오가며 플로리스트 자격증을 취득하고, 원예 전문가로 거듭났다. 나도 물심양면으로 아내를 도왔다. 아내가 학원에 갈 때면 역까지 데려다주고, 수업이 끝나고 돌아올 때를 맞춰 역에서 기다리다가 아내를 데려왔다. 수업이 늦어지면 차를 몰고 직접 데리러 가기도 했고, 이른 새벽 고속버스 터미널 꽃 시장에 갈 때도 함께했다. 그 기간이 약 십 개월 정도 걸렸던 것 같다.

같은 시기 나 또한 조금씩 퇴사를 준비하고 있었다.

내가 처음 입사한 곳은 원단을 분석하는 R&D 분야의 회사였다. 공무원 시험 준비로 입사 시기가 늦었던 터라 그만큼 더 열심히 일했다. 그러다 문득 '왜'라는 생각이 들었다.

'나는 왜 이렇게 사는 거지?'

'나는 왜 이 일을 하는 거지?'

문득 찾아온 질문은 사라지지 않고 나를 괴롭혔다. 내가 사는 모습에, 방식에, 하는 일에 의문을 품고, 답을 찾으려 노력했다. 여러 차례 이어진 이직은 그 노력의 일환이었다. 삼십 대 중반의 나이에 그동안 쌓아온 경력을 모두 버리고, 새로운 직종으로 넘어가기도 했다. 대리나 과장이 될 나이에 다시 신입이라는 명찰을 달고 일하는 건 내게 모험이자 인생을 건 도박이었다.

새롭게 도전한 직종은 영업 분야였다. 예전부터 영업 쪽에 관심이 있었고 이전에 하던 일보다 나에게 더 어울린다고 생각했다. 다행히 새로 옮긴 직장에는 나보다 나이는 어리지만 경험이 풍부한 동료들이 많았고, 그들에게 열심히 일을 배웠다. 하지만 결국 이 길도 답은 아니었다. 힘들게 배울 때는 전혀 떠오르지 않던 질문이 일이 익숙해질 만하니까 다시 스멀스멀 피어나기 시작했다.

회사 생활에서의 이해할 수 없는 불명확한 기준과 동의할 수 없는 방식이 반복되자 점점 지쳐 갔다. 잊고 있던 물음표가 튀어나왔다. 생각이 꼬리를 물고 이어졌다. 회사에 대한 문제에서 점차 조직 생활에 대한 생각으로 심화되었다. 꼭 조직 생활을 해야 할까? 다른 길은 없는 걸까?

그러던 차에 아내가 회사를 나왔다. 그렇게 우리 부부에게 새로운 길이 열리고 있었다.

추웠던 1월의 어느 날, 우리 부부는 열심히 스튜디오 오픈 장소를 찾고 있었다. 회사 생활을 접고 시작하는 첫걸음을 어디에서 시작해야 할까. 의욕 가득한 눈으로 둘러본 여러 장소 중에서 최종적으로 서울의 동쪽으로 다소 치우친 광장동과 성내동이 후보지로 남았다.

광장동에 있는 건물은 접근성이 좋았다. 성내동에 있는 후보지보다 지하철역에서 가까웠고 대형 아파트 단지로 인해 유동 인구도 제법 많았다. 주차 공간은 부족했지만 매장 앞쪽에 공간이 있어서 그곳에 꽃이나 식물을 배치하면 많은 사람의 시선을 끌 수 있을 것 같았다.

반면에 성내동은 건물 자체에 장점이 있었다. 코너에 위치해 어느 곳에서도 잘 보이는 데다 삼면이 통창이라 자연광이 내부를 꽉 채워 따뜻한 느낌이 들었다. 이런 조건은 꽃이나 식물에도 좋을 것 같았다. 또한 역 바로 근처가 아니라서 주차가

수월했고, 주택가라서 한적한 느낌이 좋았다.

우리의 꿈터를 어디로 정해야 할까. 치열한 고민 끝에 우리는 따뜻한 온기가 가득한 성내동 후보지를 선택했다. 역에서는 조금 거리가 있는 편이었지만, 고객들이 주로 자동차를 가지고 올 거라 판단했다. 지금 생각해 봐도 그때 그 선택은 옳았다. 역세권만 아닐 뿐이지 올림픽 공원과 강동구청, 대형 병원 등 인프라 면에서는 광장동 후보지보다 훨씬 훌륭하다고 생각한다.

장소가 결정되자 이후 진행은 일사천리로 이루어졌다. 따로 인테리어 공사를 할 필요도 없었다. 원래 이곳에는 카페가 있었는데, 계산대 주변의 넓은 테이블이 주문을 받고 꽃 상품을 만드는 공간으로 딱이었다. 깔끔하고 심플한 기본 구조를 그대로 유지한 채 나머지 공간을 유럽풍의 탁자와 작은 선반으로 채웠다. 유월의 공간이 점점 채워져 갔다.

"왜 가게 이름이 '유월'이에요?"

가끔 이렇게 물어보는 분들이 있다. 정식 이름은 '유월 플라워스튜디오', 편하게 '유월'이라고 부르는 분들이 많다. 가게 이름은 전적으로 아내의 의견이었다. 어떤 블로그에서 우연히

'유월'이라는 단어를 보고, 순간 이 단어에 확 꽂혔다고 한다. 나 또한 '유월'이라는 단어가 주는 느낌이 마음에 들었다. 묘한 따뜻함, 그리고 여러 번 발음할수록 느껴지는 자연스러움과 부드러움이 좋았다.

그렇게 우리 부부는 계약을 마쳤고, 성내동에 자리를 잡았다. 서두르지 않고 천천히, 그러나 꾸준하게 앞으로 한 걸음씩 나아갔다. 그리고 몇 달 후, 나는 퇴사를 했다. 아내와 나는 각각 칠 년, 십 년이라는 시간을 회사에서 보냈다. 그리고 지금은 회사 생활을 마무리하고 작은 가게를 운영하며 식물과 함께하고 있다.

얼마 전 아내와 함께 스튜디오 한쪽 벽을 새로운 색으로 칠했다. 벽면 색깔이 바뀌니 공간 분위기가 산뜻해졌다. 완성된 벽을 바라보니 처음 스튜디오 문을 열었던 그날이 떠올랐다. 당시에 느꼈던 기대감과 설렘도 함께.

사실 실제로 첫 문을 열었던 날에는 기대감과 설렘보다는 걱정이 앞섰다. 코로나 19로 분위기가 안 좋기도 했지만, '우리가 정말 잘할 수 있을까?' 하는 두려움이 더 컸다. 마음속 불안을 애써 외면하며 아내에게도 스스로에게도 긍정적인 생각만을 강요했었다.

하지만 지금 느끼는 기대와 설렘은 강요가 아닌 진심에서 우러나온다. 아마 우리가 '유월'이라는 꽃을 피웠기 때문이리라. 그리고 그 꽃을 피우기 위해 노력한 시간이 있었기 때문일 것이다.

'유월 플라워스튜디오.'

왜 가게 이름이 유월이냐는 질문에 이렇게 답하고 싶다.

"유월 플라워스튜디오는 겨울에 피어났습니다. 찬 바람이 부는 계절에 피어난 우리의 작은 공간에 '유월'의 온기를 담고 싶었습니다. 차가운 눈을 비집고 피어나는 꽃은 보는 사람으로 하여금 감동을 주거든요. 유월 플라워스튜디오에 있는 꽃과 식물들은 겨울에도 감동을 주는 자연처럼, 당신에게도 아름답고 생기 있게 다가갈 것입니다."

그리고 우리는 유월의 온기가 있는 이곳에서, 다가오는 봄맞이를 다시금 준비하고 있다.

꽃집 말고 플라워스튜디오

식물을 공부하기 전까지 꽃집은 언제나 내게 설렘을 주는 곳이었다. 누군가에게 선물할 꽃을 건네받았을 때 그 느낌이란, 상대가 받을 감동을 미리 경험한다고나 할까. 꽃집은 상대의 표정을 떠올리는 것만으로도 가슴이 벅차오르는 경험을 하는 공간이었던 셈이다.

한편으로는 낯선 공간이기도 했다. 꽃을 사겠다는 목적이 없으면 들어가기 망설여지는 곳. 왠지 모르게 부담스럽고 어려운 공간. 지금 생각하면 왜 그랬는지 모르겠다. 꽃과 식물 들이 무서운 얼굴로 째려보는 것도 아니고, 꽃집 사장님이 나에게 식물에 대해 얼마나 아는지 테스트했던 것도 아닌데. 그 당시를 떠올리며 곰곰이 원인을 생각해 봤다.

꽃집은 목적성이 뚜렷한 곳이었다. 여자 친구에게, 부모님에게, 친구에게, 선생님에게 선물할 꽃을 사겠다는 '목적'으로 가는 곳이었다. 일반 옷 가게나 잡화점처럼 가벼운 마음으로 구경하러 들어가는 공간이 아니었다.

또한, 낯선 꽃과 식물이 가득한 꽃집은 그 자체로 부담스럽게 느껴졌다. 길가에 흔히 보는 민들레, 개나리, 목련 등의 익숙한 식물이 아닌 읽기도 어려운 이름의 식물들은 마치 모르는 외국어만 잔뜩 쓰인 메뉴판을 읽듯 어려웠다. 낯선 환경에 나도 모르게 주눅이 들어 식물의 싱그러움과 생생함을 느끼지 못했던 것이다. 당시 꽃집에는 '보이지 않는 문턱'이 존재하는 듯했다.

하지만 지금 내게 꽃집은 일상의 공간이 되었다. 매장을 가득 채운 식물을 돌보고 교감하며, 하루의 대부분을 보낸다. 이제 꽃집은 익숙하고 편안한 공간이다. 더는 낯설지도 어렵지도 않다. 내 마음에 존재하던 보이지 않는 문턱이 사라진 지금, 당시의 나처럼 꽃집을 느끼는 사람들을 위해 우리 부부는 머리를 맞대고 고민했다.

딱히 목적이 없어도 쉽게 들어올 수 있는 공간. 사람들이 서점에 가서 책을 둘러보고 나가는 것에 부담을 느끼지 않듯, 우리 매장에 있는 꽃과 식물 들을 구경하고 나가도 부담스럽지 않은 공간을 만들자. 그리고 어렵고 낯설지 않게, 친근하고 따뜻함이 느껴지는 공간을 만들자.

이 두 가지 목적 아래 우리는 인테리어, 상호, 상품 부분으로 나누어 구체적인 실천 방안을 세웠다.

우선, 전형적인 꽃집의 틀을 깨는 배치와 동선으로 인테리어를 했다. 그동안 가 본 꽃집 이미지를 떠올려 보자. 실내를 빼곡하게 채운 수많은 식물과 유리문 안 큰 통에 꽂혀 있는 미리 만들어진 수많은 꽃다발. 싱그러운 식물이 가득함에도 생기보다는 무거운 압박감이 느껴진다.

우리 부부는 여백의 미를 택했다. 되도록 많은 식물을 보여 주고 싶은 마음을 억누르고, 공간에 들어선 사람이 부담을 느끼지 않을 정도로, 편안한 느낌으로 감상할 수 있게 꽃과 식물을 배치했다.

하얀 벽지와 연녹색이 조화를 이룰 수 있도록 벽 곳곳에 식물 사진과 액자를 걸고, 작은 탁자에 화분 하나, 선반에 꽃 가

지가 든 화병을 놓는 등 공간이 꽉 찬 느낌이 들지 않게 신경 썼다. 그리고 입구에서부터 잘 보이도록, 사람의 시선에 맞춰 꽃과 식물을 배치했다. 자연 바람이 들어오는 위치에 식물을 놓아 식물이 더욱 생생하고 건강할 수 있게 만들었다.

그다음, 상호에 '꽃집'이 아닌 '스튜디오'를 사용했다. '스튜디오'는 여러 의미로 사용될 수 있다. 사진작가, 미술가, 음악가 등의 작업실로 쓰이기도 하고 영화 촬영소를 말할 때 쓰기도 하며, 방송 또는 웨딩 촬영을 하는 공간도 '스튜디오'라고 말한다. 우리 부부는 한정적이고 일반적인 '꽃집' 대신 '스튜디오'라는 표현을 선택했다. 단순히 꽃을 파는 가게를 넘어 꽃과 식물로 사람들과 소통하고 함께 성장하길 바라는 마음으로 내린 결정이었다.

마지막으로, 다른 꽃집과 차별화될 수 있는 독특하고 매력적인 우리만의 상품을 만들었다. 우후죽순으로 생겨나는 꽃집 사이에서 살아남으려면 뭔가 달라야 했다. 우리 가게를 포장하는 인테리어와 상호를 결정했으니, 이제 그 안을 채울 알맹이를 고민해야 했다. 어느 꽃집에 가도 살 수 있는 꽃으로는 차별화가 될 수 없었다. 우리만의 상품이 필요했다.

우리는 경쟁력 있는 기술과 감각을 기르기 위해 계속해서 배웠다. 특별함을 배울 수 있다면 어디든 달려갔다. 쉼 없이 고민에 고민을 거듭했다. 그 결과 다른 꽃집에서는 볼 수도, 들을 수도 없는 여러 노하우를 공유하는 클래스와 유월만의 독특한 느낌을 담은 다양한 꽃 상품들을 만들 수 있었다.

우리는 꽃집이라는 '정적'인 느낌을 '동적'인 느낌으로 바꾸고 싶었다. 목적이 없어도 그냥 가볍게 들러서 오늘의 꽃을 구경하고 갈 수 있게. 좀 더 편안하고 친근한 일상의 느낌으로 다가가고 싶었다.

예전에 한 유튜브 채널에서 인터뷰를 한 적이 있다.

"요즘 주변을 둘러보면 꽃집이 참 많이 보여요. 우후죽순으로 생겨나는 느낌인데, 혹시 대표님만의 차별성이 있다면 소개해 주세요."

"음, 저희만의 차별성이라면 공간에 대한 개념 같아요. 저희 상호는 유월 플라워스튜디오예요. 단순히 꽃만 파는 꽃집이 아니라 꽃과 식물을 통해 자연과 혹은 사람과 소통하고 무언가를 창조하는 스튜디오인 것이죠. 창조의 대상은 식물과의 교감일 수도 있고요, 식물을 통해 접한 사람들과의 관계일 수도 있고, 실제로 식물을 활용한 작품의 창조일 수도 있어요. 꽃과 식물을 판매하는 꽃집이지만, 꽃과 식물만 파는 꽃집은 아닌 거죠."

두근거리는 마음으로 인터뷰를 마치고 돌아왔을 때, 문득 이런 생각이 들었다. 유월 플라워스튜디오의 문턱은 어느 정도일까?

단순히 꽃을 많이 팔기보다는 사람들에게 꽃과 식물의 매력을 전하고, 그들과 함께 소통하며 살고 싶다. 이것이 유월 플라워스튜디오를 운영하는 우리 부부의 마음이다. 어떻게 하면 더 많은 사람에게 꽃과 식물의 매력을 전할지 항상 고민하고 이것저것 시도해 본다. 생각지 못했던 상황이 발생하거나 생각보다 반응이 좋지 않으면 지치고 힘들기도 하지만, 유월 플라워스튜디오를 알아보고, 찾아오는 분들을 보면 힘이 난다.

오늘도 우리 부부는 공부한다. 유월 플라워스튜디오가 삭막한 일상에서 싱그러운 자연을 만날 수 있는 쉼터가 될 수 있도록, 식물을 곁에 두고 교감하며 살고 싶은 사람들에게 도움이 될 수 있도록.

꽃보다 아름다운 그날의 사람들

"감사합니다, 즐거운 시간 보내세요."

"축하드립니다, 행복한 하루 보내세요."

문득 누군가에게 이런 인사를 건넬 수 있다는 그 자체만으로 행복하고 감사하다는 생각이 들었다. 예약한 꽃이나 식물을 찾으러 온 사람들의 얼굴에는 설렘이 가득하다. 꽃을 받고 좋아하는 상대의 모습이 떠오르기 때문일 것이다. 나 또한 그렇다. 꽃을 찾으러 온 손님의 설렘 가득한 표정을 상상하며 상품을 준비한다. 소중히 만든 제품을 손님에게 전달하고, 감사인사와 함께 응원을 더한다. 누군가의 마음이 잘 전달되길, 누군가의 일상이 조금 더 특별해지길 바라는 마음으로.

꽃과 식물은 일상에 항상 함께해야 한다고 생각하지만, 특히 많이 찾는 기간이 있다. 밸런타인데이와 화이트데이, 어버이날, 로즈데이, 성년의 날, 학교별 졸업식과 입학식, 그리고 각종 축제까지. 꽃이 필요한 날은 이 외에도 많다.

그중에서도 바쁜 시기는 졸업식과 입학식이 있는 2월과 3월, 어버이날이 있는 5월, 그리고 크리스마스가 있는 12월이다. 일명 어버이날 시즌으로 불리는 5월이 다가오면 정말 정신없이 바빠진다.

스튜디오 오픈 뒤 처음으로 맞이하는 어버이날이었다.

좀 더 세심한 배달을 하고 싶은 욕심에 직접 차를 몰고 길을 나섰다. 배달이라고 뭐 다르겠는가, 내비게이션이 알려 주는 대로 찾아가서 꽃을 전하면 되겠지. 하지만 내 생각을 비웃듯 하나둘 난관이 나타났다. 믿었던 내비게이션이 찾지 못하는 주소가 있는가 하면, 주차할 자리가 없어서 내리지 못하고 근처만 뱅뱅 돌며 식은땀을 흘리기도 했다.

정말 어렵게 어렵게 주차를 하고 조심스럽게 꽃바구니를 들고 차를 벗어났다. 작은 빌라들이 밀집한 지역이었는데, 배송지까지 가는 길은 흡사 미로와 같아서 긴장을 놓을 수 없었다.

오르막길 끝에 간신히 목적지에 도착해서 벨을 눌렀다. 딸깍하는 소리와 함께 문이 열리고, 기다렸을 손님에게 메시지와 함께 꽃바구니를 전달했다. 함박웃음을 짓는 모습을 보니 피로가 싹 씻겨 사라지는 느낌이었다. 돌아오는 내내 콧노래가 절로 나올 정도로 손님의 미소는 달콤했다.

유월 플라워스튜디오로 돌아가는 길, 아내로부터 전화가 걸려 왔다. 아내는 다급한 목소리로 꽃바구니가 바뀌었다고 말했다. 마지막으로 배송한 꽃바구니와 그 바로 전에 배송한 꽃바구니가 바뀐 것이었다. 꽃바구니 안에 담긴 메시지를 확인한 고객이 이 사실을 알렸다고 했다. 죄송한 마음에 빠르게 방향을 돌렸다. 일단 마지막으로 배송했던 곳을 다시 찾아가 꽃바구니를 회수하고 이전 배송지 손님에게 회수한 꽃바구니를 전했다. 그리고 잘못 전달된 꽃바구니를 다시 받아서 마지막 배송지 손님에게 전했다. 진심으로 죄송하다는 말씀과 함께.

상황을 마무리하고 플라워스튜디오에 돌아온 나는 아내에게 날 선 말을 내뱉었다. 주문 확인과 배송지 확인은 아내가 맡았기 때문이다. 당황하고 황당했을 손님에게 죄송하고 미안한 마음, 그리고 제대로 확인하고 배송하지 못했다는 부끄러운 마음으로 뾰족해진 기분을 아내에게 쏟아내고 나니 폭풍처럼 몰아치던 기분이 가라앉았다. 그리고 아내에게 사과했다. 우리 부부는 다시는 이러지 말자고 거듭 다짐했다.

그 뒤로도 여러 번 혼이 쏙 빠질 정도로 바쁜 시기가 찾아왔다. 진땀 나는 순간의 연속이었지만 지금 떠올리면 그땐 그랬지 하며 웃고 떠들 수 있는 소중한 추억이 되었다.

코로나 19가 기승이던 몇 년 전, 유월 플라워스튜디오에 전화가 걸려 왔다. 발신자는 지방에 사는 여성 F였다. F는 어버이날을 맞이하여 우리 매장 근처에 사시는 할머니께 꽃다발 배송을 요청했다. 찾아뵙고 직접 전해드리고 싶지만, 그러지 못하는 죄송함과 그리움의 마음이 고스란히 전해졌다. 우리는 F의 진심을 담아 정성껏 꽃다발을 만들었고, F의 할머니께 전해드렸다. 문 앞에 두고 가야 해서 비록 직접 전해드리진 못했지만 문 밖에서나마 큰 소리로 인사를 드리며 손녀분의 마음을 전해드렸다.

나는 성수기가 좋다. 단순히 매출이 늘어서가 아니라, 많은 사람이 꽃을 통해 마음을 전하고 안부를 전하는 모습을 곁에서 볼 수 있기 때문이다. 특히 미니 생화 트리나 리스 만들기 같은 클래스를 진행하는 크리스마스에는 그 모습을 좀 더 생생히 볼 수 있다. 친한 친구들끼리, 예비 신랑 신부가, 어머니와 딸이 함께 스튜디오에 와서 자연의 냄새를 맡으며 함께 추억을 만든다. 그중에는 특별한 크리스마스 선물을 만들기 위해 혼자 클래스에 왔던 N도 있었다.

클래스에 혼자 오는 분들은 대체로 여성이다. 남성은 대부분 커플이나 가족 단위로 오는 경우가 많은데, N은 혼자 참여한 젊은 남성이었다. 동네에서 강아지와 산책하다가 유월 플라워 스튜디오 클래스 안내문을 보았다고 했다. N은 다가오는 크리스마스에 미니 생화 트리를 직접 만들어서 가족들에게 선물하고 싶다고 했다. 서툰 손길이지만 정성껏 트리를 만드는 모습과 가족에게 특별한 크리스마스를 선물하려는 그 마음이 너무 따뜻해서 오래도록 기억에 남았다. 그해 N의 가족들은 누구보다 행복한 크리스마스를 보내지 않았을까?

기념일이 되면 사람들은 꽃을 통해 다양한 감정을 표출한다. 그중에는 기쁨과 즐거움도 있고 미안함과 감사함도 있을 것이다. 그리고 외로움과 그리움도 있을 것이다. 자기 마음을 몰라 주는 상대에게 혹은 먼저 떠나간 상대에게 꽃을 건네는 건 널 생각하는 내가 여기 있다는, 외롭고 그리운 마음의 표현이 아닐까.

성수기에는 이런 다양한 감정들을 만나게 된다. 그래서 나는 눈코 뜰 새 없이 바쁘지만, 수많은 사람의 감정과 마음을 접할 수 있는 성수기가 참 좋다.

 유월의 하루

'일상의 행복'을 전혀 느끼지 못하고 살았던 때가 많았다. 매일매일 반복되는 똑같은 날들이 대체 뭐가 행복하고 즐거운지 알지도 못했고 알고 싶지도 않았다. 하지만 이제는 일상이 주는 행복이 뭔지 안다. 그리고 그걸 느낄 수 있음에 감사하다.

이른 아침, 반포동 화훼 시장으로 향한다. 미리 적어 놓은 리스트를 들고 다양한 꽃들을 살펴보며 품질을 꼼꼼하게 확인한 뒤 필요한 만큼만 구매한다. 싱싱한 꽃들이 가득한 시장을 둘러보면 사고 싶은 꽃들이 한가득이지만, 최대한 절제하며 가장 건강한 품질을 따지는 게 핵심이다.

아무리 훌륭한 품질의 아름다운 꽃이라도 필요한 만큼만 사는 것. 우리 부부의 철칙이다. 계획 없이 꽃을 데려갈 경우 꽃이 남아 손님들에게 신선한 꽃을 제공할 수 없기 때문이다. 식물도 마찬가지. 주문이 들어오거나 클래스가 계획되어 있는 식물만 구매하는데, 우리 부부의 단골은 경기도 하남시와 고양시에 있다.

유월 플라워스튜디오를 오픈하고 처음 얼마간은 수많은 매장 중 어딜 가야 할지 몰라서 시장에 다녀오면 녹초가 되곤 했다. 하지만 이제는 우리의 성향과 잘 맞는 사장님, 우리가 선호하는 식물을 잘 관리하는 매장 등 우리만의 루트가 생겼다. 화훼 시장에서 꽃을 살 때 꽃집을 한다고 말하면 도매가격으로 식물을 살 수 있다. 초반에 그 사실을 몰랐던 우리 부부는 그냥 식물을 좋아하는 큰손이 되어 지금과는 다른 가격으로 식물을 데려오곤 했다.

오전 10시쯤, 새로운 꽃과 식물 들과 함께 스튜디오에 도착한다. 스튜디오 문을 열었을 때 우리를 가장 먼저 반기는 건 꽃과 식물 들. 싱그러운 기운으로 우리에게 인사를 건넨다. "굿모닝~, 어젠 잘 잤어?" 우리도 하나하나 얼굴을 마주 보며 아침 인사를 건넨다. 문을 활짝 열어 상쾌한 아침 공기로 환기를 하고, 수분이 부족해 보이는 식물에겐 물을 챙겨 준다.

스튜디오 안으로 살랑거리는 바람이 들어오고 따스한 햇살이 바닥 안쪽까지 비추면, 덕분에 눈에 띄는 먼지들을 천천히 쓸어내 쓰레기통으로 옮긴다. 적당한 볼륨으로 듣기 편안한 음악을 틀고 예약 주문 내용을 찬찬히 살펴본다.

주문 확인을 마치고, 음악을 활기찬 분위기의 곡으로 바꾼다. 차로 돌아가 데려온 꽃과 식물 들을 스튜디오 안으로 하나씩 옮긴다. 오늘은 어떤 친구가 들어올까? 새로운 친구들을 맞이하는 왠지 모를 설렘이 스튜디오 안에 가득하다. 스튜디오 안은 금세 만남의 광장이 된다. 새로 데려온 꽃을 싸고 있는 신문지와 비닐을 벗겨내어 하나씩 꽃을 물병에 꽂아 두고, 식물 친구들도 잠시 그늘에서 휴식을 취할 수 있게 도와준다.

오전 11시, 볼륨을 줄이고 다시 편안한 음악으로 바꾼다. 물꽂이해 둔 꽃들을 하나씩 하나씩 컨디셔닝(손질)한다. 들리는 건 조용한 음악과 싹둑싹둑 가위 소리뿐. 시간이 멈춘 듯하다. 꽃을 모두 손질하여 보기 좋게 진열한 후 쉬고 있는 식물 친구들에게 다가간다. 분갈이가 필요해 보이는 식물 친구들에게 새로운 화분을 선물한다.

띠디디딕-띠디디딕. 알람이 울린다. 12시다. 벌써 점심이라니. 플라워스튜디오에서의 시간은 바깥보다 두 배는 빨리 흐르는 것 같다. 집에서 챙겨 온 음식을 꺼낸다. 예약 손님뿐만 아니라 점심시간에 급하게 꽃을 찾는 손님이 방문하는 경우가 종종 있어서 간편한 음식을 싸 와 안에서 먹는다. 점심을 먹는 중간중간 인스타그램, 유튜브, 스마트스토어, 블로그 등 현재 운영하는 온라인 채널을 둘러본다. 주문과 댓글을 확인하고, 꽃이나 식물 관련 사진이나 정보들도 함께 업로드한다.

그렇게 식사를 하고 나면 오후 업무가 시작된다. 여러 주문 건을 처리하다 보니 어느새 오후 4시. 우체국에 갈 시간이다. 꼼꼼하게 포장을 마치고, 근처 우체국 택배가 마감하기 전에 택배를 보낸다. 택배를 보내고 스튜디오로 돌아오면서 주변을 둘러본다. 처음 이곳에 터를 잡았을 때와는 조금씩 달라지는 골목 모습이 새롭다.

휴우, 우체국에 다녀와 잠시 물 한 모금 마시고 한숨을 돌린다. 하지만 지체할 시간이 없다. 곧 클래스가 있기 때문이다. 클래스 준비는 수업 시간 한 시간 전에 시작하는데, 미리 공지

한 커리큘럼에 맞춰 재료를 준비하고 자리를 세팅한다. 모든 준비를 마치고 잠시 숨을 돌리면 문이 열리는 소리와 함께 수강생이 도착한다. 수강생들과 함께하는 시간은 너무도 소중하다. 열정적으로 수업에 참여하는 모습과 작품을 만든 후 행복해하는 모습은 우리 부부에게 활력이 된다.

플라워스튜디오의 마감 시간은 평일에는 저녁 7시, 주말에는 저녁 6시다. 요즘은 마감 시간을 철저히 준수하는 상점이 많다. 손님들에게 서비스하는 시간도 중요하지만 오롯이 나를 위한 시간도 필요하기 때문이다. 이런 시간이 보장되어야 회복된 에너지로 손님들에게 양질의 서비스를 제공할 수 있다. 그래서 우리 부부는 되도록 마감 시간을 지키려 한다. 예약이 있을 때만 픽업 시간까지 기다린다. 손님과 약속한 시각까지 기다리는 건 기본적인 예의니까.

6시 30분쯤, 클래스를 마치고 주문 건도 모두 처리하고 나면 행복한 여운을 즐기며 뒷정리를 한다. 매장에 나와 있던 꽃들을 다시 냉장고에 넣는다. 식물로부터 분리된 꽃(절화)을 신선하게 유지하려면 적정한 온도를 유지해야 하기 때문이다. 이번에는 식물을 돌볼 차례. 더운 여름에는 에어컨과 서큘레이터를 24시간 작동시키고 추운 겨울에는 온풍기로 춥지 않게 실내 온도를 유지한다. 24시간, 365일 챙겨야 하는 부분이다. 마지막으로 전기 콘센트와 스위치까지 확인하면 유월 플라워 스튜디오의 하루가 막을 내린다.

집으로 돌아가는 길. 회사 업무를 마치고 퇴근하던 예전의 느낌과는 아주 다르다. 몸은 피곤하지만 마음은 무겁지 않다. 물론 집에서도 예약 확인이나 클래스 커리큘럼 짜기 등 일이 이어지지만, 내 일을 한다는 것, 게다가 꽃과 식물 같은 자연과 하루를 함께한다는 건 현대인에게 축복이다.

우리 부부의 일상은 그저 그런 하루가 아니라 특별한 날들로 채워져 있다. 도심 속에서 자연과 함께하는 삶, 이런 특별한 일상을 살 수 있어서 참 행복하다.

 꽃을 구독한다고?

　'꽃읽남TV_아이엠그린메이트'라는 유튜브 채널을 개설한 후로 종종 협업 문의가 들어온다. 다른 분야와의 협업은 경험의 세계가 확장되는 소중한 기회다. 그동안 진행한 협업들은 대부분 일회성에 그쳤지만, 지금까지 함께하는 업체도 있다. 현재 유월 플라워스튜디오와 여러 프로젝트를 함께하고 있는 A업체가 그렇다.

　A업체는 회사 스토리가 너무나 흥미롭고, 통통 튀는 아이디어도 넘치는 곳이다. 여기에서 처음 밝히지만, 난 A업체 사람들을 좋아한다. A업체와 지금까지 관계가 유지되는 건 아마도 이 이유가 가장 크지 않을까 싶다.

지금보다 더 작은 채널이었을 때 A업체가 우리 채널 메시지를 통해 연락을 했다.

이때에도 유월 플라워스튜디오에는 '꽃 구독'이라는 상품이 있었는데, A업체를 만나 좀 더 특별한 상품으로 발전했다.

"다른 것도 아니고 꽃을 구독한다고요? 아니, 꽃을 왜 구독해요? 꽃은 필요할 때 사면 되지 않나?"

'꽃 구독' 서비스가 처음 나왔을 때 주변 사람들 대부분이 이런 반응을 보였다. 나도 그랬다. 꽃을 구독해서 매주 집으로 받는다고? 대체 왜?

하지만 정말 신기하게도 꽃을 '구독'하여 매주, 매달 집에서 꽃을 받는 사람들이 점차 늘었다. 이들은 구독한 꽃을 화병에 꽂고, 집안 곳곳에 두어 집안 분위기를 다르게 연출했다. 은은하게 혹은 화려하게 자기 향을 퍼뜨리는 꽃을 보며 심신의 안정을 취하고, 꽃으로 달라진 집안 분위기를 SNS에 공유하며 꽃 구독 서비스를 알렸다.

코로나 19로 집에서 생활하는 시간이 늘어나면서 인테리어에 대한 관심도 높아졌고, 꽃 구독에 대한 수요도 많아졌다. 바쁜 생활에 지친 현대인들에게 유행한 멍 때리기 대상에 식물이 올라서기도 했다. 불멍, 물멍에 이은 꽃멍, 식물멍이랄까.

이제 꽃은 특별한 날에 준비하는 이벤트 선물이 아니라, 매일 식사를 하는 식탁 위에, 거실 TV 옆에, 집에 들어서자마자 마주하는 신발장 위에 놓이는 일상 속 인테리어 소품이 되었다. 이러한 시대 변화에 따라 꽃은 신문이나 잡지처럼 꾸준히 사서 보는 구독의 대상이 된 것이다.

꽃 구독 서비스를 제공하는 업체가 다수 존재하는 상황에서, 무언가 우리만의 특별함이 필요했다. 우리 부부와 A업체는 타 서비스와의 차별점과 더 나은 서비스를 제공하기 위한 방법을 함께 고민했다.

고객들이 꽃을 구독하는 이유는 무엇일까? 꽃을 통해 무엇을 얻고 싶은 걸까? 꽃을 구독하는 고객의 마음을 곰곰이 헤아려 보았다. 우리가 찾은 답은 기분 전환. 저마다 다양한 상황에 처해 있겠지만 꽃 구독 서비스를 이용하는 사람들의 심리 기저에는 꽃을 통해 기분을 전환하고 싶은 바람이 깔려 있는 게 아닐까 생각했다. 꽃을 통해 집안 분위기를 환기하여 기분이 좋아지고 싶은 바람, 갈수록 차가워지는 사회의 온도를 벗어나 집에서라도 따뜻함을 느끼고 싶은 바람으로 꽃을 구독하는 게 아닐까? 우리는 꽃으로 일상을 좀 더 즐겁고 행복하게 보내려는 사람들의 욕망을 충족시키고 싶었다.

사람의 기분은 시시각각 바뀐다. 어느 장소에 있느냐에 따라 달라지기도 하고, 어떤 상황에 있느냐에 따라 변하기도 한다. 아주 자잘한 기분의 조각까지 맞춰 줄 수는 없어도 그 조각들이 조립된 커다란 기분은 맞출 수 있지 않을까?

내 기분에 맞춰진 맞춤 꽃.

내 기분을 좋게 만들어 줄, 나에게만 맞춰진 특별한 꽃.

A업체와의 협업 결과이자 유월 플라워스튜디오에서 판매하는 꽃 구독 상품의 콘셉트였다. 구독자가 자신의 기분 상태, 그날이나 그 주의 기분이 어떤지 우리에게 알려 주면, 우리는 그 기분에 맞춰진 '맞춤 꽃'을 보냈다.

"선물하기 기능을 추가하는 건 어떨까요? 사실 꽃은 선물하는 경우도 많잖아요."

A업체 대표님이 아이디어를 냈다. 구독한 꽃을 내가 아닌

다른 사람이 받도록 선물할 수 있는 기능을 추가하자는 거였다. 일명 '꽃 구독 선물하기' 기능인데, 예를 들어 일주일에 한 번씩 한 달에 총 네 번 꽃을 받는 고객이라면, 지인에게 꽃을 선물하고 싶을 때 해당 주 꽃이 발송되기 전에 미리 글을 남겨 배송지를 바꾸면 된다. 그러면 그 주에는 꽃 구독 신청자가 아니라 그 지인의 집으로 꽃을 보낸다. 한 달 동안 총 네 번 받을 꽃 중 세 번은 내가 받고, 한 번은 지인에게 선물할 수 있는 새로운 서비스 기능이었다.

유월 플라워스튜디오의 '맞춤 꽃 구독 서비스'에서 보내는 꽃은 단순한 꽃다발, 꽃바구니 형태가 아니다. 설문지를 통해 미리 구독자의 기분을 파악하고, 그에 맞는 꽃을 담아 선물 꾸러미를 꾸린다. 선별한 꽃에 대한 설명과 꽂을 수 있는 화병까지 담아 재미와 깊이를 더했다. 물론 가장 중요한 건 구독자의 '기분'이었다. 달라지는 기분을 일주일 간격으로 수정할 수 있게 하여 그때그때 기분에 맞는 꽃을 보낼 수 있었다. 원하는 느낌의 꽃을 요청하는 경우도 종종 있었지만, 우리 부부를 믿고 맡기는 고객이 대부분이었다.

맞춤 꽃 구독 서비스를 신청한 이유를 보면, 새롭게 이사 간

집에서 예쁘고 화사한 꽃을 보고 싶다, 요즘 소소한 행복을 느끼는 중인데 이국적인 느낌의 꽃으로 그 기분을 이어 가고 싶다, 자꾸만 처지는 기분을 산뜻한 꽃을 보면서 전환하고 싶다 등등 다양했다.

한편, 꽃 구독 서비스를 자기가 아닌 타인을 위해 신청하는 경우도 있었다.

S는 몸이 편찮으신 어머니를 위해 꽃 구독 서비스를 신청했다. 어머니 곁에서 매시간 보살피지 못하는 상황이 속상해서 어머니를 기쁘게 해 드릴 방법을 찾던 중 유월 플라워스튜디오의 맞춤 꽃 구독 서비스를 알게 되었다고 했다. 어머니를 생각하는 S의 마음이 느껴져서 정성을 다해 꽃 꾸러미를 준비했다. S는 어머니께서 꽃을 보고 아이처럼 좋아하셨다고 말하며 꽃을 받은 이후로 웃는 일이 많아지셨다고 했다.

L은 아이의 첫돌과 결혼기념일을 동시에 축하하기 위해 꽃을 구독했다. L은 당시 느끼는 소소한 행복감을 꽃으로 구현하고 싶다며 볼수록 예쁜 보석 같은 느낌의 꽃을 원했다. 열정이 넘쳤던 L은 꽃을 어디에 둘 것인지, 갖고 있는 화병이 어떤 스타일인지, 벽지 색깔과 액자 등 주변 환경이 어떤지 등을 자세

히 알려 주었다. 덕분에 만족도 높은 꽃을 보낼 수 있었다.

Q는 기분 전환을 위해 꽃을 구독했다. 코로나 19로 외출도 잘 못 하고 회사 업무도 재택으로만 하니 답답하고 우울했는데, 주변 지인이 꽃을 정기 구독한다는 이야기를 듣고 꽃 구독 서비스를 찾아봤다고 한다. Q는 여러 꽃 구독 서비스의 구성뿐만 아니라 후기까지 꼼꼼하게 비교하며 최종적으로 유월 플라워스튜디오를 선택했다. 결과는 대만족. 꽃봉오리에서 점점 꽃이 피어 나는 모습을 보며 Q의 기분도 점차 좋아졌다.

Q는 밥을 먹을 때나 잠을 잘 때도 항상 주변에 꽃이 있으니까 너무 행복하다고 했다. 시선이 닿는 곳곳에 꽃이 있으니, 입가에 미소가 계속 걸렸다. 집에서는 사진을 잘 찍지 않았는데, 꽃으로 집이 화사해지니 사진을 찍는 일이 늘었다고. 감정은 전염된다고 했던가? Q의 기분이 좋아지니 남편의 기분도 덩달아 좋아져 집안 분위기가 밝아졌다고 한다. 꽃 구독 서비스가 일으킨 마법 같은 변화다. 이런 소식을 들었을 때의 감동은 이루 다 표현할 수가 없다.

"꽃을 구독한다고? 말도 안 돼."

꽃 구독 서비스를 처음 들어 본 고객 중에는 이렇게 말하던

이들도 있었다. 하지만, 이제 이들은 우리에게 매주 자기 기분을 적어 보낸다. 기분을 글로 적다 보면 안 좋았던 기분이 풀리는 경우가 많다면서 생각지 못한 효과(?)를 말하기도 한다. 많은 사람이 구독을 통해 정기적으로 꽃과 함께하고, 꽃과 가까워지면서 자연스럽게 마음의 안정을 찾는 것. 꽃으로 피어난 마음의 여유가 사회로까지 전해져서 긍정적인 영향을 끼치는 것. 우리 부부가 꽃 구독 서비스를 시작한 이유다. 우리는 작지만 큰 소망을 품고 오늘도 열심히 꽃 꾸러미를 꾸린다.

2장

꽃 읽어 주는
남자가 되다

꽃은 사치품이 아니야

꽃은 사치품일까, 아닐까? 꽃은 사치품 아닌 사치품이다. 엄밀히 말하면 사치품에 들어가지 않지만, 우리가 살아가는 데 필수품은 아니니까 사치품처럼 느껴지기도 한다.

표준국어대사전에 등록된 사치품의 정의는 '분수에 지나치거나 생활의 필요 정도에 넘치는 물품'이다. 즉 사치품이란 그 사람의 상황에 따라 달라지는 품목인 것이다.

하지만 우리나라에서 꽃은 사치품이라는 이미지가 있다. 어쩌다 꽃은 이런 이미지를 얻게 되었을까? 아마도 생활에 꼭 필요한 필수품 외에는 전부 사치품이라는 이분법적 사고의 결과가 아닐까? 게다가 '꽃은 비싸다'라는 인식도 많은 사람이 꽃을 사치품이라고 생각하는 데 일조하는 듯하다.

　어렸을 때 나는 꽃에 관심이 없었다. 기억을 더듬어 봐도 학창 시절, 좋아하던 여자아이에게 잘 보이려고 꽃 한 송이 사다 준 경험을 제외하면 꽃에 대한 기억이 거의 없다. 본격적으로 꽃집에 드나든 건 성인이 된 이후 여자 친구들을 사귀면서부터다. 그때 내게 꽃은 한마디로 '마법' 같았다. 뭔가 좀 비싸 보이는 꽃다발을 안겨 주면 상대는 한없이 행복한 표정을 지었다. 그 찰나의 표정을 보기 위해 꽃을 사곤 했다. 하지만 그때도 꽃다발이 참 비싸다는 생각을 했다.

　그리고, 무엇보다 꽃다발을 주문하고 기다리는 시간이 너무 길고 지루했다. 완성된 꽃다발을 골라서 사 갈 때는 덜했지만, 꽃을 추천받아 꽃다발을 만들 때는 정말 그 시간이 너무 길게 느껴졌다. '꽃읽남TV_아이엠그린메이트' 유튜브 채널에 보면 '[꿀팁] 누구보다 빠르게 남들과는 다르게 꽃사는 방법'이라는 영상에 꽃다발을 빨리 받을 수 있는 방법이 나오는데, 이때 경험에서 비롯된 콘텐츠다. 과거의 나처럼 플로리스트가 꽃다발 만드는 걸 기다리는 시간이 고통스러운 사람이라면 해당 영상을 참고하길 바란다.

플로리스트에게 꽃다발은 작품과도 같다. 세상에 같은 꽃이 없듯 세상에 똑같은 꽃다발은 없다. 플로리스트는 꽃 모양의 차이, 미세한 줄기 길이의 차이, 배치의 차이로 세상에 하나밖에 없는 작품을 만들어 낸다. 고객이 꽃을 선택하는 순간 작품 활동이 시작되는 것이다. 그러니 꽃다발의 가격은 꽃의 가치뿐만 아니라 플로리스트의 노동력과 창의력, 기술력까지 포함하는 셈이다.

또 '꽃은 금방 시들어 버린다'는 인식도 사실이 아니다. 물론 꽃의 특성에 따라 유지 기간은 달라지지만, 물을 매일 갈아 준다거나 물이 잘 흡수될 수 있는 환경을 만들어 주는 등 간단한 관리만으로도 일주일 넘게 생생한 상태의 꽃을 감상할 수 있다. 꽃대 중간중간에 잎이나 가시가 남아 있다면 잘 제거해 주고, 화병에 잠기는 꽃대의 맨 아랫부분은 사선으로 잘라 주는 것이 물을 흡수하는 데 도움이 된다. 또한 물에 생기는 미생물을 방지하기 위해 집에서 쓰는 락스를 화병에 한두 방울 넣어 주는 것도 꽃을 오래 볼 수 있는 방법이다.

그리고 또 한 가지 짚고 싶은 부분이 있다. 꽃은 정말 필수품이 아닐까?

꽃집을 찾는 분들의 목적은 다양하다. 사랑하는 사람에게 마음을 전하기 위해, 졸업을 축하하기 위해, 아기 돌잔치나 백일잔치를 더욱 풍요롭고 풍성하게 꾸미기 위해, 결혼식에 쓰일 웨딩 부케를 맞추기 위해, 꽃집을 창업하려는데 조언을 얻기 위해 등등. 다양한 이벤트마다 꽃이 빠지는 법이 없다. 그런데 정말 생각 외로, 특별한 이벤트가 없는데 꽃을 사 가는 사람도 많다.

집안 분위기를 화사하게 바꾸기 위해, 우울한 기분을 전환하기 위해, 오늘 하루 고생한 자기 자신에게 선물하기 위해 꽃집을 찾는 사람들이 있다. 꽃 구독 서비스가 생겨서 신문처럼 꽃을 정기적으로 받는 손님들도 늘고 있다. 이들에게 꽃은 필수품이다. 지루한 일상에 생기와 활력을 불어넣고 안정적인 심리 상태를 유지하는 데 도움을 주는 필수 요소다.

P는 우리 플라워스튜디오 단골이다. 매주 한두 송이씩 꽃을 사 가는데, 데이트할 때마다 꽃을 사는 건가 싶어서 미혼이라고 생각했다. 그런데 알고 보니 기혼이었다. 아내가 꽃을 좋아해서 매주 오는 거였다. 꽃을 좋아하는 아내를 위해 주기적으로 꽃집에 오는 남자라니. 은근 감동이다.

한번은 P가 이렇게 말했다.

"저처럼 아무 날도 아닌데 꽃 사 가는 사람들 많아요? 주변에 보니까 생각보다 저 같은 사람들이 많더라고요. 정말 놀랐어요."

그때는 나 역시 꽃은 이벤트가 있을 때만 사는 것이라는 편견에 갇혀 있었다. 게다가 당시에는 손님도 별로 없어서 P의 말에 제대로 답을 하지 못했다.

하지만 유튜브 채널과 다양한 매체를 통해 꽃과 식물을 이야기하고 있는 지금은 확실히 느낀다. 식물의 조용하지만 강인한 생명력을 사랑하고, 일상에서 자연스럽게 식물을 곁에 두려는 사람들이 늘어나고 있다는 것을.

꽃은 사치품이 아니다. 동네 꽃집에서 데려온 꽃과 식물은 나와 함께하는 존재다. 우리가 자연의 일부이듯 꽃과 식물 또한 자연의 일부인 것이다. 만약 꽃을 보고 행복감을 느낀다면, 그 사람에게 꽃은 필수품이다.

꽃이냐 식물이냐 그것이 문제로다

우리 플라워스튜디오는 주로 예약 주문을 받는다. 그래서 주문한 꽃을 찾아가는 분들이 대부분이지만, 그냥 구경 삼아 들어오는 사람들도 꽤 있다.

"편하게 구경하고 가세요."

"감사합니다, 아 뭔가를 사고 싶긴 한데……."

꽃과 그 외 식물들을 번갈아 보면서 한참을 망설이는 사람들이 있다. 뭔가 도움이 필요한 건가 싶기도 하고, 오늘 들어온 생생한 꽃을 추천해 드리고 싶은 마음이 들기도 하지만, 꾹 눌러 담는다. 식물과 소통하는 소중한 시간을 방해하고 싶지 않으니까.

꽃과 식물을 굳이 구분할 필요는 없다. 식물 입장에서 보면 꽃은 하나의 생식 기관일 뿐이고, 대부분의 식물은 꽃을 피우기 때문이다. 이 책에서는 편의상 절화(식물로부터 줄기와 잎을 포함한 꽃을 잘라낸 것)를 '꽃'으로, 일반적인 관엽 식물(주로 잎을 감상하는 식물)을 '식물'로 말하겠다.

꽃이 주는 '예쁨', '화려함'도 좋지만 식물이 주는 '싱싱함', '생명력' 또한 그에 못지않게 매력 있다. 그래서 한참을 망설이게 되는 것이다.

나를 포함한 내 주변 남자들은 대부분 누군가를 좋아하면서부터 꽃에 관심을 가졌다. 꽃을 주면 상대방이 좋아한다는 사실을 본능적으로 알았기에, 그때부터 꽃집을 들락거리기 시작하는 것이리라. 처음으로 좋아하던 친구 H에게 꽃을 선물하기로 마음먹고 학교 정문 쪽 꽃집에 갔을 때 일이다.

"어서 오세요."

"강의실에도 배달이 될까요?"

"네, 가능합니다."

뜬금없는 내 질문에도 꽃집 사장님은 여유롭게 대답하셨다. 학교 강의실로 꽃 배달을 하는 사람들이 많은가? 내 딴에는 정말 큰 용기를 낸 이벤트였는데, 생각보다 흔한 건가 싶어서 살짝 김이 빠졌다. 하지만 꼭 해 보고 싶었으니 마음먹은 김에 해야지.

H가 좋아하는 모습을 상상하며 혼자 히죽거리고 있을 때 꽃집 사장님으로부터 문자를 한 통 받았다. 내가 주문한 꽃바구니 사진이었는데, 기대했던 것보다는 덜 예뻤다. 실망스러웠지만 잘 부탁드린다는 답장을 보냈다.

학교 수업이 끝나고 도서관 근처 벤치에 앉아 H를 기다렸다. 멀리서 꽃을 한 아름 안고 내려오는 모습이 보였다. 조금씩 선명해지는 H의 얼굴. 그런데 생각했던 것과는 달리 표정이 좋지 않았다. 뭔가 안 좋은 일이 있었나?

"생각이 없는 거니? 수업 중에 꽃을 보내면 어떡해!"

"아…… 미안해."

나는 나름대로 깜짝 선물을 하고 싶었는데, H는 그런 게 싫다고 했다. 배려를 제대로 하지 못한 것 같아 미안했다. 그런 와중에 H가 들고 있던 꽃에 눈이 갔다. 실물이 더 예쁘다는 표현을 사람이 아닌 꽃에 하게 될 줄이야. H가 들고 있던 꽃은 꽃집 사장님이 보낸 사진보다 훨씬 더 예뻤다. 꽃이 정말 예쁘다고 생각한 건 그때가 처음이었다. 기대보다 훨씬 더 예쁜 꽃을 보니 비록 이벤트는 실패했지만 묘하게 기분이 좋았다. 심지어 꽃집을 찾아가 사장님께 감사 인사를 따로 드리기도 했다. 시간이 흘러 이제 내가 꽃집 사장이 되었다. 그리고 내가 좋아하는 식물들을 고객들과 함께 바라보고 있다. 흐뭇한 웃음이 절로 떠오른다.

망설이던 손님은 결국 작고 귀여운 미니 셀로움을 데려갔다. 셀로움은 내가 여태껏 키운 식물 중 가장 생명력이 강한 식물에 속한다. 원산지인 남미 지역에서는 크기가 큰 종류의 셀로움이 많지만 우리나라에서는 대체로 크기가 작은 종류를 많이 키운다. 미니 셀로움도 그중 하나다. 귀여운 외모와 달리 건조한 환경에서도 새잎을 보여 주는 내면이 강한 식물이다.

언제부터인지 우리 플라워스튜디오에는 '식물존'이 생겼다. 꽃이 아닌 식물들이 모여 있는 공간이다. 사람들의 시선을 사로잡는 힘은 꽃보다 덜하지만, 교감하는 측면에서는 식물이 더 큰 힘을 발휘한다고 생각한다. 편안하고 푸르른 생명력으로 보는 사람에게 심리적인 안정감을 주고 지친 마음을 어루 만져 준다. 또한 다양한 식물의 성향을 알고 나면 식물도 딱히 사람과 다를 바 없다는 생각마저 든다. 어떻게 해서든 자신의 부족함을 채우기 위해 흙 안으로든 밖으로든 뿌리를 열심히 뻗는 적극적인 성향의 식물이 있는가 하면, 직접 나서기보다는 자기 상태를 알아서 눈치채고 챙겨 주길 바라는 소극적인 성향의 식물도 있다.

과거에는 꽃은 선물용, 식물은 일상용이라는 인식이 있었다. 하지만 요즘은 그렇지 않다. 특별한 이벤트가 없어도 집안 분위기를 위해 꽃을 매주 사는 사람, 식물을 좋아하는 연인에게 선물하기 위해 특별한 식물을 사는 사람 등 과거 인식과 반대되는 일들이 늘고 있다.

얼마 전 미니 셀로움을 사 간 손님이 다시 우리 플라워스튜디오를 찾았다. 그때는 한참을 망설이다 셀로움을 데려갔는데, 이번에는 망설임 없이 꽃을 주문했다. 그러고는 지난번에 데려간 셀로움 이야기를 시작으로 선택의 고충을 쏟아내기 시작했다.

"지난번에 데려간 셀로움은 잘 지내고 있어요. 오늘은 아예 데려갈 아이를 정하고 왔어요. 안 그러면 도저히 못 고르겠더라고요. 다 예쁘고 매력이 달라서."

진지하게 꽃과 식물의 매력에 대해 이야기하는 손님에게 왠지 모를 동질감이 느껴졌다. 그분도 나처럼 꽃을 먼저 좋아하고 점차 범위가 확장되어 식물까지 좋아하게 되었다고 한다. 이제는 어느 것이 더 좋다고 할 수 없을 정도로 양쪽에 마음이 깊어져 버렸다고. 그 마음 십분 이해한다. 꽃과 식물의 매력은 정말 다르니까.

'꽃이냐 식물이냐, 그것이 문제로다.'

많은 사람이 꽃집에서 선택의 기로에 놓인다. 하지만 너무 심각하게 생각하진 말자. 간혹 전투를 앞둔 장군의 마음으로 비장하게 꽃집에 들어서는 분들이 있는데, 그보다는 꽃이 예뻐서 들렀다는 초등학생의 말처럼 가벼운 마음으로 우리 플라워스튜디오를 찾아 주면 좋겠다. 저마다 취향이 있고, 성향이 있듯 반려식물과 반려인에게도 상성이 있다. 가벼운 마음으로 들러서 꽃이든 식물이든 내 마음에 더 다가오는 대상을 데려가면 그게 가장 좋은 선택이 아닐까?

# 반려의 진짜 의미

어느 추운 겨울날. 우리 부부는 집 근처 한 동물 병원에서 작은 아이를 만났다. 그리고 둘이 아닌 셋이 되어 함께 집으로 돌아왔다. 파양을 당한 아이라고 했다. 안쓰러운 마음으로 녀석의 꼬물거림을 보는데, 가슴에 몽실몽실 행복이 차올랐다. 이 아이가 우리와 행복했으면 좋겠다는 생각이 들었다.

태어나서 죽을 때까지 모든 걸 경험하고 모든 걸 소유할 수는 없다. 그래서 항상 부족함을 느끼고, 이러한 부족함을 채우고 싶은 마음은 인간의 본능이다. 자신의 부족함을 인정하고 그 부족함을 채우려 노력하면서 짝을 찾고, 인생의 '반려자'를 만나게 되는 게 아닐까?

'반려'라는 단어는 식물과도 닿아 있다. 반려식물이라는 말이 쓰이기 시작한 지는 얼마 되지 않았지만 코로나 19를 기점으로 반려식물 산업이 확산하여 '반려식물 키우기', '반려식물 나눔', '반려식물 교육', '반려식물 선물'을 넘어 이제는 '반려식물 키트'까지 나오는 실정이다.

그런데 문득, 이런 생각이 들었다.

'우린 정말 식물을 반려(伴侶)의 대상으로 생각하고 있을까? 반려라는 개념을 제대로 알고 사용하는 것일까?'

작년 겨울에 우리 집 식구가 된 강아지 '로니'는 블랙탄 푸들이다. 털이 곱슬에 검은색이라 '짜짜로니'에서 이름을 따왔다. 로니의 건강한 삶을 위해 우리가 가장 신경 쓰는 건 위생과 산책이다. 특히 산책을 중요하게 생각해서 매일 하루에 한 번은 근처 공원으로 함께 산책을 나간다. 집 근처 공원에는 반려견 쉼터가 있는데, 몸집이 큰 강아지와 작은 강아지를 위한 공간이 따로 분리되어 있다. 로니는 폭신한 인조 잔디가 깔린 작은 강아지 쉼터에서 시간을 보낸다.

강아지 쉼터에 가면 정말 다양한 반려견과 반려인 들을 만나게 되는데, 반려인의 경우 세 부류로 나눌 수 있다.

1) 반려견과 함께 뛰어다니며 노는 활동적인 타입

2) 반려견이 놀 동안 벤치에 앉아서 지켜보는 비활동적인 타입

3) 반려견과 활동적으로 놀지는 않지만 따라다니며 케어하는 타입

나는 3번 타입이다. 로니와 같이 뛰어다니며 놀지는 않지만, 그렇다고 로니가 다른 강아지들과 놀거나 혼자 돌아다니는 걸 보고만 있지도 않는다. 축구 경기의 주심처럼 열심히 관찰하고 있다가 낄 때 끼어들고 빠져야 할 때는 빠지는 소위 '낄끼빠빠'를 실천하는 중이다. 1번과 2번 타입의 분들께는 죄송한 말씀이지만, 개인적으로는 3번 타입과 같은 행동이 반려견에게도 반려인에게도 모두 좋은 윈윈 전략이 아닐까 싶다.

진정한 '반려 관계'는 단순한 '상하 관계'가 아닌 좀 더 복잡한 '평등 관계'라고 생각한다. '복잡한' 평등 관계라고 표현한 이유는 일방적인 것이 아니기 때문이다. 반려인이라고 해서 반려견에게 주기만 하는 건 아니다. 반려인은 반려견으로부터 심리적인 안정과 행복감을 얻는다. 더 나아가 건강해지기도 한다.

또한 반려 대상을 위한 희생이 반려인에게만 있는 건 아니다. 반려견 또한 반려인과 함께 살기 위해 교육을 받고, 주어진 환경에 적응해야 한다. 본능을 억누르고 일정 부분 자유를 포기하는 것이다. 이처럼 반려 관계는 일방적이지 않다.

그렇다면 반려식물은 어떨까? 사람들은 자신이 키우는 식물과의 '반려 관계'를 잘 형성하고 있을까?

나는 유월 플라워스튜디오를 찾는 분들 외에도 SNS나 메일로 사람들과 소통하는데, 자기가 준 것 이상으로 식물로부터 기쁨과 행복을 받으며 반려 관계를 잘 형성하며 지내는 분들이 많다. 이들은 내가 키우는 식물이 잘 살아갈 수 있는 환경을 만들어 주기 위해 최선을 다한다. 그들이 말하는 걸 들어보면 절로 미소가 지어질 만큼 식물에 대한 사랑이 느껴지는데, 몇 가지 사례를 소개하겠다.

🌱 사연 1

저희 아이들이 죽어 가는 모습이 너무 안타까워서 메일을 보내요. 자꾸만 잎과 가지가 떨어집니다. 영양이 부족한 건지, 토양이 문제인 건지 너무 걱정됩니다. 직사광선은 피하면서 낮 동안 창문을 열어 간접적으로 빛이 들어오게 하고 있어요. 줄기는 단단하며 무른 곳은 전혀 없습니다. 초록 초록하던 아이들이 점점 노랗게 변해 가는 모습에 너무 속상하여 연락을 드립니다. 어떻게 해야 할까요. 꼭 좀 도와주세요.

ㄴ 잎이 떨어지는 데는 대체로 두 가지 이유가 있습니다. 물과 빛인데요. 물이 충분치 않거나 통풍이 부족하면 잎은 떨어집니다. 겉흙이 마르면 물을 충분하게 주시고 특히 통풍을 잘 시켜 주세요. 그런 다음 실온의 반양지에서 키워 주세요. 잎이 변색되는 이유는 여러 가지가 있는데요, 보내 주신 사진으로 봤을 때는 화분 크기가 무척 작아 분갈이가 필요해 보입니다. 조만간 분갈이를 꼭 해 주시면 좋을 것 같고요, 과습 여부와 찬 바람에 노출된 부분은 없는지도 확인하시면 좋을 것 같습니다.

🌱 사연 2

안녕하세요. 반가운 마음에 얼른 연락을 드립니다. 건조하면 안 되니까 분무기로 공중 습도도 잘 맞춰 주고 있어요. 잎이 전혀 쪼글거리지도 않고 여름 끝자락엔 새순도 많이 올라왔습니다. 심지어 새순이 다시 올라오려고 자리 잡는 모습도 여기저기 보여요. 그런데 슬프게도 꽃망울을 한 번도 맺지 못하고 있습니다. 이유가 뭘까요? 궁금합니다. 바쁘시겠지만 고견 꼭 부탁드립니다.

ㄴ 여름철에도 계속 해당 장소에 식물을 두셨다면 직사광선을 받았을 확률이 높아 보입니다. 직사광선이나 뜨거운 빛은 오히려 개화에 악영향을 줄 수 있거든요. 잎을 보면 연녹색으로 변색되었는데 이 또한 햇빛을 강하게 받았다는 증거입니다. 양지보다는 반양지로 위치를 옮겨 주세요.

또한 사진을 보니 위쪽으로 웃자란 느낌도 많이 듭니다. 맨 아래쪽 가지와 가장 위쪽 가지들, 너무 옆쪽으로 삐져나간 가지들은 정리하시는 게 좋습니다. 가지와 잎이 너무 많으면 양분이 분산되어 꽃을 피우지 않을 수 있거든요. 영양의 문제일 수 있으니 봄, 가을 일 년에 두 번 정도는 영양제를 주는 것도 꽃이 피는 데 도움이 될 것입니다.

다음은 내 조언을 듣고 실행에 옮긴 어떤 분의 답 메일이다.

정말 감사합니다. 말씀하신 대로 확인해 보니 뿌리들이 아주 빼곡하게 자라 있더라고요. 축축하기도 했고 끝이 삭아서 쪼그라들어 있기도 했습니다. 흙을 잘 말려서 분갈이를 하고 잎과 가지도 정리해 주었어요. 아이들의 상태가 호전되어서 감사의 마음을 전하고 싶었습니다. 내가 식물을 잘 안다고 자만하면 안 된다는 걸 다시 한번 깨달았어요. 진심으로 감사드립니다.

이 글을 보낸 분은 식물의 상태가 호전되어 더할 나위 없이 큰 행복감을 느꼈다고 했다. 사랑과 진심으로 상대를 대하고 그로 인해 행복을 느끼는 것, 진정한 '반려 관계'는 이런 게 아닐까? 나는 이분의 식물들이 내 덕분에 상태가 나아졌다고 생각하지 않는다. 결국 조언을 받아들이고 실천에 옮긴 건 스스로의 의지였으니까.

우리나라에는 동물의 안위를 위한 동물 보호법이 있다.

'고의로 사료 또는 물을 주지 아니하는 행위로 인해 동물을 죽음에 이르게 하는 행위를 금한다.'

이 내용을 식물에 적용해 보자.

'고의로 물을 주지 않거나 빛을 보여 주지 아니하는 행위로

인해 식물을 죽음에 이르게 하는 행위를 금한다.'

현재 우리나라에서 동물 보호법을 어기면 최대 삼 년 이하의 징역 또는 삼천만 원 이하의 벌금이라는 처벌을 받는다. 하지만 식물 관련 보호법은 식물 신품종 보호법과 야생 식물 보호법 정도가 있을 뿐이다. 동물 보호법처럼 식물 보호법을 만든다면, 단순히 식물을 인테리어용으로만 생각해서 대량으로 사서 꾸민 다음 방치하는 식물 학대를 막을 수 있을까?

우리 부부는 반려견 로니를 가족이라고 생각한다. 식물도 마찬가지다. 우리 집에 들어온 생명인 반려식물을 '우리 가족'이라고 생각하면 어떨까. 맛있는 걸 먹고 좋은 걸 보면 자연스럽게 생각나는, 그래서 수시로 관심이 가고 살펴보게 되는 가족. 어쩌면 '반려'의 진짜 의미는 단순한 '짝'이 아닌 한 공간에서 먹고 자는 '가족'인지도 모르겠다.

먼 미래에는 식물 보호법이 제정되어 실제로 처벌받는 경우가 발생할지 모른다. 동물 보호법도 처음부터 있었던 것은 아니니까. 그러니 지금부터라도, 저 구석에 방치되어 있는 내 반려식물을 가족처럼 잘 보살피면 좋겠다.

식물도 조기 교육이 필요해

"꽃이 너무 예뻐서요, 구경 좀 해도 되죠?"

"네, 그럼요. 얼마든지⋯⋯."

나도 모르게 말끝을 흐렸다. 꽃집에 들어온 사람은 초등학생 쯤으로 보이는 여자아이 J였다. 행복한 표정으로 꽃을 둘러보는 J 뒤로 엄마가 들어왔다. J는 엄마에게 손가락으로 몇 가지 꽃을 가리켰고, 엄마는 그 꽃들을 사서 J에게 안겨 주었다.

"안녕하세요!"

"안녕! 또 왔구나?"

며칠 전에 왔던 J가 우리 플라워스튜디오에 다시 방문했다. 반가웠다. J는 이번엔 꽃이 아닌 식물 쪽을 유심히 바라보더니, 작은 화분 하나를 가져왔다.

"이걸로 주세요."

"예쁜 걸로 잘 골랐네! 아, 그런데 혹시 부모님 허락은 받고 사는 거니?"

불쑥 걱정이 되었다. 아이 혼자 식물을 사러 왔다니……

"이거 엄마 카드예요, 식물 산다고 말씀드리고 온 거라 괜찮아요!"

내 눈빛에서 불안을 느꼈는지 J는 또랑또랑한 목소리로 말했다. 당찬 모습에 걱정이 눈 녹듯이 사라지고 대견한 마음이 들었다. 작은 품 안에 식물을 소중히 안고 나가는 뒷모습을 가만히 보았다. J와 화분이 무럭무럭 잘 자라길. 아빠 미소를 지으며 문 쪽을 한참 바라보았다.

'조기 교육'은 만 4세에서 5세 사이의 아이들을 대상으로 하는 교육으로 특히 외국어 교육이 효과가 좋다고 알려져 있다. 그동안 유월 플라워스튜디오에서는 아이들과 함께하는 식물 클래스를 여러 차례 진행했다. 직접 흙과 식물을 손으로 만져 보고, 이름도 짓고, 화분을 골라 식재하는 등 나만의 반려식물을 만드는 일련의 과정을 거치는 동안 행복해하는 아이들을 보면서 문득 그런 생각이 들었다. 왜 꽃과 식물에 대한 조기 교육은 없을까? 관련 수업을 아이들의 정기 교육 커리큘럼으로 만들어도 좋을 텐데 말이다.

우리나라의 한 논문에 따르면, 활동의 유형에 상관없이 원예 프로그램 자체가 만 5세 아이의 자아 존중감과 정서 조절 능력 향상에 긍정적인 영향을 미친다고 한다. 살아 있는 생명체를 만져 보고 함께함으로써 어린아이들의 심리적, 정서적인 부분에 도움을 주기 때문이다. 아이들의 정서 발달과 자아 성장에 도움이 되는 원예 활동이 하루빨리 정규 교과 과정이 되었으면 좋겠다.

다행히도 꽃과 식물에 관심을 보이는 연령이 점차 낮아지고 있다. 유월 플라워스튜디오를 찾는 고객의 약 90퍼센트가 이삼십 대다. 이렇게 젊은 사람들이 꽃과 식물에 관심을 가지면 자연스럽게 그들의 자녀들도 꽃과 식물에 관심이 생길 것이다. 어렸을 적부터 자연스럽게 꽃과 식물을 접하는 가정의 조기 교육이 늘길 바라 본다.

한때 '그린스쿨'이 성행한 적이 있다. 학교 교실 안에 식물로 정원을 만들고 식물에 대해 배우는 프로그램이었다. 아이들과

'자연'을 자연스럽게 이어 주는 프로그램으로 취지는 좋았지만, 그 규모가 확대되지는 못했다. '그린스쿨' 같은 좋은 프로그램이 더 많아지면 좋겠다.

요즘에는 반려동물과 아기를 함께 키우는 집이 많다. 반려동물과의 교감이 아이가 성장하는 데 도움이 되기 때문이다. 교감이란 서로 마음을 주고받는 것을 말한다. 따라서, 무언가와 교감한다는 것은 그 자체만으로도 좋은 경험의 씨앗이 된다. 그 경험이 자라나 누군가를 공감할 수 있는 커다란 나무로 성장하는 것이다.

《동물의 숨겨진 과학》이라는 책에는 재미있는 연구가 나온다. 실험자 열 명이 한 사람씩 식물이 있는 방에 들어가 식물 옆에 서 있거나 식물을 만졌는데, 그중 한 사람이 잎을 찢었다. 그러자 식물이 전기적 신호를 내뿜었다. 다음날에 다시 그 열 명을 한 사람씩 식물이 있는 방에 들어가게 했는데 잎을 찢은 사람이 들어오자 식물이 전기적 신호를 활성화했다. 식물이 자기를 괴롭힌 사람을 기억하고 그 사람에게만 특정한 전기적 신호를 내뿜은 것이다. 식물과의 교감은 식물을 좋아하는 식덕들의 착각이 아니었다. 식물을 좋아하는 식덕이라면, 조용하

지만 분명한 식물의 반응을 잘 살펴서 교감을 넘어 공감하는
사이가 되길 바란다.

　방앗간을 지나는 참새처럼 자주 놀러 오던 J가 한동안 보이
지 않았다.

　'무슨 일이 있나?'

　'지난번에 인사할 때 무척 바빴는데…… 그때 내가 좀 퉁명
스러웠나?'

　괜스레 걱정이 되었다. 혹시 나도 모르게 J에게 상처 준 건
아닌지 곰곰이 돌이켜 보기도 했다.

　슬슬 찬 바람이 부는 11월의 어느 날. 크리스마스 시즌을 맞
아 아이들을 대상으로 한 미니 리스 클래스가 있었다. 엄마 카
드를 가져온 그날처럼 내 마음을 읽은 걸까? 한 뼘 더 자란 듯
한 J가 방긋 미소를 지으며 매장 안으로 걸어 들어왔다.

아니야, 식물이지

"이모부, 영상 짱 좋아!"

얼마 전, 유튜브에 올라간 우리 플라워스튜디오 영상을 보고 아내의 조카가 메시지를 보냈다. 정말 고맙고 행복했지만 한편으로는 신기했다. 이제 초등학생이 된 아이가 직접 이모부에게 메시지를 보낸다는 건 내가 어렸을 땐 상상할 수 없는 일이었다.

처형네 가족과 식당에 가면 아이들은 일단 휴대폰을 꺼내든다. 그리고 나면 말을 걸어도 대답을 잘 못할 만큼 영상 속으로 빠져든다. 아이들이 식당에서 뛰어다니고 시끄럽게 떠드는 건 사라졌지만, 대신 대화를 할 수 없다는 점에서는 아쉽기도 하다.

어린 시절, 방학이 되면 친한 친구와 학교 운동장에서 공을 차며 놀았다. 겨울 방학 때 운동장에서 열심히 뛰고 나면 친구들 머리 위로 하얀색 김이 모락모락 피어오르던 모습이 아직도 생생하게 기억난다. 난 친구들과 마음껏 뛰어놀 수 있는 방학이 너무 좋았다.

요즘 아이들은 그때와 정말 다르다는 걸 느낀다. 일단 태권도 학원, 피아노 학원, 영어 학원 등 어른 못지않게 스케줄이 빡빡하다. 밖에서 뛰어놀 시간이 부족할뿐더러 시간이 난다 해도 친구들을 직접 만나기보다 온라인에서 만나서 노는 게 자연스러워졌다. 코로나 19 이후로 비대면 생활이 확산하며 발생한 변화이지만, 안타깝다는 생각이 든다.

아내도 나와 같은 마음이었는지, 조카에게 '마리모'라는 식물을 선물했다. 마리모는 공 모양으로 뭉쳐진 일종의 녹조류로, 물속에서 살아가는 식물이다. 물을 따로 줄 필요가 없어서 관리하기가 편하고 동글동글한 모양이 귀여워서 특히 아이들이 좋아하는 식물이다.

마리모를 선물 받은 조카는 무척 좋아했다. 그리고 한동안

열심히 마리모를 돌봤다. 나도 마리모와 관련된 영상을 만들어 올리며 마리모와 조카를 응원했다. 하지만 조카의 마리모 사랑은 점차 식어 갔다. 즐길 거리가 차고 넘치는 시대에 어른들도 관심 분야가 빠르게 바뀌는데 아이들은 오죽할까.

우리 부부는 어딘가 방문할 때 항상 꽃이나 식물을 가지고 간다. 사람들이 꽃이나 식물을 보며 잠시라도 휴식하길 바라는 마음에서다. 빠르게 변화하는 사회의 흐름 속에서 천천히 자기만의 속도로 살아가는 식물을 보며 한숨을 돌릴 시간을 선물하고 싶어서다. 가만히 식물을 바라보며 정신없이 보낸 시간을 되돌아볼 여유를 갖길.

건물 옥상을 식물 정원으로 꾸며 놓거나, 작은 식물을 심은 화분을 옥상 군데군데 놓는 회사가 많다. 초록의 식물을 보며 잠시 쉬어 가라는 의미일 것이다. 하지만 시간에 쫓기고 업무에 치인 직장인들은 그럴 여유조차 없는 것 같다. 옥상에서조차 업무 전화를 하고, 담배를 피우며 일에 관한 이야기를 하니 말이다.

나도 그랬다. 동료들에게 방해가 될까 봐 옥상으로 올라가 업무 통화를 하곤 했다. 그렇게 보이지 않는 줄다리기 같은 통화를 몇 통 하고 나면 진이 빠져 절로 한숨이 새어 나왔다. 그때까지만 해도 난 우리 회사 옥상에 식물이 있는 줄도 몰랐다. 그런데, 퇴사를 확정하고 나니 식물들이 눈에 들어왔다.

"이 식물들이 원래 여기 있었나요?"

"네? 무슨 소리예요, 그 전부터 오래됐죠."

신기해하는 날 보며 청소 아주머니는 그걸 물어보는 네가 더 신기하다는 듯이 대답하셨다. 그때 느꼈던 민망함과 쓸쓸함이 다시 떠오른다. 뭐가 그렇게 바쁘다고 눈앞에 놓인 푸르름을 보지 못했는지. 옥상에 올라갈 때마다 식물과 교감하고 초록의 기운을 받아 갔으면 조금은 더 직장 생활이 즐겁지 않았을까? 조금은 덜 힘들지 않았을까?

언젠가 온라인에서 '식물 선물의 장점'에 대한 글을 보았다. 그 글에서 소개한 식물을 선물했을 때의 장점은 다음과 같다.

1) 좋아하는 친구와 함께, 좋아하는 식물을 똑같이 나누어 키울 수 있다.

2) 식물의 상태를 핑계로 좋아하는 친구와 연락을 더 많이 할 수 있다.

3) 식물에 관해 이야기하다 보면 친구와의 대화가 이전보다 풍부해진다.

4) 식물을 키우는 모습을 통해 그동안 몰랐던 친구의 새로운 면을 볼 수 있다.

5) 저렴한 식물이 많아서 부담이 적다.

"이제 곧 조카 생일인데, 뭘 사 주지."

"식물은 어때?"

"뭔 소리야, 다른 건 몰라도 식물은 아니지……. 에이, 식물은 아니다."

조카 생일 선물을 고민하는 친구에게 식물을 추천했다가 괜스레 무안만 당했다. 물론 친구의 마음은 이해가 갔다. 식물은 아이들이 갖고 노는 대상이라기보다는 꾸준한 관심으로 돌봐야 하는 생명이니까. 무엇보다 앞서 말한 대로 아이들이 식물을 원하지 않으니까. 원한다고 해도 그 기간은 무척이나 짧아서 결국 그 관리는 부모의 몫이 될 테니까.

어느 날 너무 피곤해 잠시 눈을 붙였는데, 꿈을 꾸었다.

"조카한테 장난감 사 주는 거 어때?"

"아버님께 지갑 사 드리는 거 어때?"

내가 이렇게 지인들에게 권유하자 그들은 하나같이 이렇게 답했다.

"에이, 아니야, 식물이지."

이 말을 듣고 깜짝 놀라 꿈에서 깼다. 깨자마자 이게 무슨 꿈일까를 한참 곰곰이 생각했다. 그동안 식물은 선물의 옵션이나 포장 정도이지 선물이 될 수 없다는 고정 관념에 사로잡힌 사람들, 식물 선물의 긍정적인 효과보다는 부정적인 부분을 먼저 떠올리는 사람들에게 반박하고 싶었던 내 무의식이 만든 꿈이 아니었을까?

식물은 남녀노소 모두에게 좋은 선물이 될 수 있다. 아이들에게 자기를 닮은 작은 나무나 식물을 선물하면, 흡사 반려동물을 키우는 아이들에게 형성되는 안정감과 인내심이 길러진다. 아이들에게 매일 식물에게 인사하고 식물의 상태를 관찰하는 습관을 길러 주면 관찰력과 판단력 또한 기를 수 있다.

아이들에게는 너무 큰 식물보다는 친구처럼 느낄 수 있는 작은 식물이 좋다. 필레아페페 같은 작고 귀여운 식물도 좋지만 개인적으로는 미니 쉐플레라(홍콩야자)를 추천하고 싶다.

필레아페페는 작고 귀엽지만 아이들이 다루기엔 까다로운 부분이 많아서 튼튼하면서도 귀엽고 잘 자라는 미니 쉐플레라를 추천한다. 병충해도 드물어서 아이들이 함께하기에 좋은 식물이다.

조금 추운 장소에 있는 사람에게 선물하려 한다면 준베리 또는 고려담쟁이를 추천하고 싶다. 추위에 강할뿐더러 오히려 추위를 어느 정도 겪어야만 건강하고 예쁘게 자라는 식물인데 두 식물 모두 잎이 예쁘다. 모양뿐만 아니라 색깔도 고와서 추운 곳에서도 그 매력을 영롱하게 빛낸다.

아래로 자연스럽게 흘러내리는 덩굴 식물을 좋아하는 사람이라면 백화등이 좋다. 개인적으로 백화등은 덩굴 식물 중에서 가장 선이 아름다운 식물이라고 생각한다. 봄에 피는 백화등의 하얀 꽃을 보면 시간이 멈춘 듯 바라보게 된다. 새로운 환경에 적응하는 순응 능력도 좋아서 건강하게 잘 자라는 식물 중 하나이다.

혹시 조카나 부모님, 친구에게 무엇을 선물할지 고민하고 있다면, 선물할 대상과 어울리는 식물을 검색해 보자. 그 사람의 성격과 성향에 어울리는 식물을 고르면 선물의 효과가 훨씬 더 커질 것이다. 잘 모르겠다면 가까운 꽃집을 찾아 전문가의 상담을 받는 것도 좋다. 선물할 대상을 설명하고, 그에게 어울릴 식물을 추천받으면 좀 더 적합한 선물을 준비할 수 있다.

누군가에게는 끈기와 습관을 길러 주고, 누군가에게는 마음의 안정을 찾아 주고, 누군가에게는 달콤한 향기로 행복감을 충전해 주는 식물 선물은 하루하루를 특별한 날로 바꿔 줄 것이다.

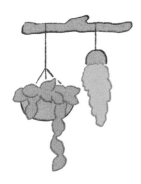

나이 들수록 꽃과 식물이 좋아질까?

무심코 어머니 카카오톡 프로필 사진을 봤다. 색감이 선명한 꽃 사진이었다. 이전 사진도, 그 이전 사진도. 어머니가 이렇게 꽃을 좋아하셨었나. 문득 그런 생각이 들자 나도 모르게 카카오톡에 등록된 사람들의 프로필을 훑어보게 되었다. 신기하게도 나이가 어릴수록 본인 위주의 사진이 많고, 나이가 많을수록 꽃이나 식물, 자연환경 사진이 많았다. '엄마의 프로필 사진은 왜 꽃밭일까'라는 노래 제목도 있지 않은가.

한번은 아버지에게 물어봤다.

"왜 나이가 들면 꽃과 식물에 관심이 생길까요?"

"젊을 땐 바빠서 다른 것에 신경을 못 쓰지. 사회생활도 해야 하지, 친구나 지인이랑 모임도 많지. 하지만 나이가 들면 모임 횟수도 줄고 집에 있는 시간이 늘어나는데, 자식들은 이제 다 커서 출가하거나 집에 있는 시간이 많지 않아 허전한 마음이 들지. 몸도 예전 같지 않고, 어딘가 정붙이고 마음 줄 곳이 없다 보니 자연스럽게 꽃이나 식물 같은 자연에 관심을 주게 되는 것 같구나. 그냥 바라만 봐도 마음이 편안해지잖니. 바람에 한들한들 춤을 추는 꽃이나 물결치는 초록 잎들을 보면 이런저런 마음을 복잡하게 했던 생각들이 쑥 하고 가라앉는 것 같거든."

나이가 들면 모든 것이 느려진다. 행동도 느려지고 생각하는 것도 느려진다. 생각하고 반응하는 속도는 느려지지만, 생각의 폭은 넓어진다. 그러면서 젊었을 때는 없었던 여유가 생긴다. 그렇게 생긴 여유 안에서 자기 자신을 돌아보고, 나아가 주변을 둘러보게 된다. 그러다 나를 둘러싼 풍경, 꽃과 식물에까지 눈길이 닿는다. 조용히 하지만 열정적으로 피어 있는 꽃과 식물을 보며 열심히 살아온 지난날을 떠올리고, 동일시하며 자연스럽게 매력에 빠져든다.

이것이 세월의 흐름과 함께 식물의 매력에 빠져드는 경우라면, 요즘 젊은 세대가 식물에 빠져드는 경우는 다른 양상을 보이는 듯하다. 이삼십 대의 식물을 사랑하는 식물 덕후, 일명 식덕들은 눈으로 보고 사진을 찍어 사진첩에 보관하는 것만으로는 만족하지 못한다. 이들은 SNS, 유튜브, 온라인 커뮤니티를 활용해 누구보다 적극적으로 식물에 대한 애정을 표현한다. 자신의 SNS에 키우는 식물에 대한 식물 일기를 작성하고, 식물 커뮤니티에서 활발하게 소통하며 활동한다. 개인적으로 운영하는 식물 단톡방 참여자들이나 '꽃읽남TV_아이엠그린메이트' 채널 구독자들도 절반 이상이 이삼십 대다. 빠른 변화에 익숙한 젊은이들이 식물에 열광하는 이유는 무엇일까?

전 세계를 휩쓸고 간 코로나 19와도 관련이 있을 듯하다. 코로나 19로 집에 머무는 시간이 늘면서 플랜테리어라는 신조어가 생겨날 정도로 인테리어와 식물에 대한 관심이 늘었다. 몇 년간 거의 모든 활동이 비대면으로 전환되면서 사람들과의 만남이 줄어들었고, 자가 격리 등으로 혼자 지내는 시간이 늘면서 스스로에 대한 관심이 커졌다. 관심의 방향이 외부에서 나 자신으로 바뀌다 보니, 자연스럽게 내가 지내는 집 꾸미기에 흥미가 생겼고, 인테리어에 빠질 수 없는 식물에 대한 관심이 커진 경우다.

　한편, 심리적 안정을 위해 반려식물을 키우게 된 경우도 있다. 이때는 식물이 주는 정서적 안정감과 스트레스 해소 효과를 기대하며 식물을 들인다. 외부 활동이 줄고, 혼자 있는 시간이 많아지다 보니 외로움이나 우울감을 느끼는 사람이 늘었다. 이들을 위해 주변에서 식물을 선물하거나 혹은 스스로 반려식물을 집에 들이기도 한다. 식물은 그 자체로 생기를 전해주지만, 특히 우울감을 느끼는 사람이라면 구아바나무를 추천한다. 구아바나무를 볼 때마다 이보다 건강한 푸르름을 보여주는 식물이 있을까 하는 생각이 든다. 나무를 보는 것만으로 건강해지는 느낌이 든다. 열대 지방 식물이라 추위에 약한데, 이 부분만 해결하면 구아바나무를 통해 자연의 건강함을 느낄 수 있다. 평소 우울하거나 기력이 없다면, 혹은 주위에 그런 사람이 있다면 선물해 보길 바란다.

　또한 식물은 상대적으로 비용 부담이 적다. 내 마음을 쏟아부을 반려 대상을 갖고 싶은데, 강아지나 고양이 같은 반려동물을 키우기는 부담스럽다. 엄청난 행복감을 주겠지만 사료를 비롯한 각종 유지비가 만만치 않기 때문이다. 그에 비해 식물은 저렴한 가격의 종류도 많고, 유지비도 적게 든다. 하지만 그 생명력은 반려동물 못지않다. 크지 않은 비용으로 이런 생명력을 느낄 수 있다면 곁에 두지 않을 이유가 있을까?

얼마 전에 한 설문 조사를 봤다. 어버이날 선물로 부모들이 가장 원하는 선물은 무엇일까에 대한 조사였다. 나는 1위는 꽃, 2위는 현금을 예상했다. 하지만 내 예상은 보기 좋게 빗나갔다. 1위는 안마 의자, 2위는 해외여행이었다. 현금은 5위 정도? 프로필 사진을 가득 채운 꽃은 눈을 씻고 찾아봐도 없었다. 내가 너무 순진했나. 프로필 감성은 감성이고, 선물은 선물이었나. 아니면 이미 많은 식물을 곁에 두고 있어서 선물로는 필요 없다는 걸까? 생각이 많아지는 설문 조사 결과였다.

꽃과 식물을 좋아하는 데 세대를 구분할 필요는 없다. 젊은 식덕들의 식물 열풍이나 어버이날 설문 조사 결과에서 알 수 있듯이 이제 나이가 들어야, 인생을 어느 정도 살아야만 꽃과 식물이 좋아지는 시대가 아니다. 남녀노소, 세대 구분 없이 식물과 자연에 관심을 두고 함께하는 세상이 된 듯하다. 내가 바라는 모습으로 한 걸음 나아가는 것 같아서 앞으로의 식물 문화가 기대된다.

여느 때와 마찬가지로, 스튜디오 문을 열고 환기를 하며 화분에 담긴 흙과 식물을 만져 봤다. 예약이 되어 있는 식물들에겐 예쁜 옷을 입히고 아직 반려인이 정해지지 않은 식물들에겐 한 번 더 눈을 맞춘다. 누굴 만날지 몰라 기대와 설렘을 담뿍 담고 있는 싱그러운 생명들.

유월 플라워스튜디오에서 꽃과 식물을 데려가는 분들에게는 항상 감사한 마음으로 문을 열어 드린다. 유월 플라워스튜디오에서 보살피던 식물이 반려인을 만나 플라워스튜디오를 떠나면 그 아이가 전할 푸르름의 생명력과 그로 인해 달라질 반려인의 생활이 떠올라 말할 수 없는 벅찬 감정이 차오른다. 하나둘 식물의 매력을 알리고 퍼뜨리면, 언젠가 누구나 반려식물과 함께하는 그런 날이 오지 않을까 하는 기분 좋은 상상을 해 본다.

초록으로 치료되는 중

'사람은 죽으면 흙으로 돌아간다'는 말이 있다. 우리는 생을 마치면 여러 과정을 거쳐 흙, 자연으로 돌아간다. 어쩌면 우리가 꽃이나 식물과 같은 자연을 가까이했을 때 마음이 편안해지는 것은 자연스러운 현상이 아닐까?

실제로 꽃과 식물을 직접 키우며 가까이하는 것은 건강에 좋은 영향을 끼친다. 식물을 관리하는 행동이 기억력과 집중력을 향상시킨다는 실험 결과도 있다.

치매 환자들을 대상으로 흥미로운 실험을 했다. 환자들을 두 집단으로 나누어 A 집단에는 약물 치료만 하고, B 집단에는 약물 치료와 원예 치료를 병행했다. 2개월간 실험한 결과 원예 치료를 함께 받은 B 집단의 환자들은 인지 기능뿐만 아니라 주변 사람들과의 협력도 증가했으며 공격적인 행동이 줄어들었다. 이는 심리적인 부분에도 원예 치료가 긍정적인 영향을 끼쳤다는 것을 보여 준다. 경험으로만 느끼며 생각하던 것을 실제 실험 통계로 확인하니 신기했다.

몇 년 전, 유튜브 채널에 '식물과 사람의 심리'에 관한 영상을 올렸다.

한 병원에서 있었던 실제 이야기를 바탕으로 만든 영상으로, 아래는 해당 영상의 내용 일부이다.

어떤 노인이 D 병원에 입원했다. 꽤 오랜 기간 병원 생활을 했는데, 거동이 불편한 노인은 대부분의 시간을 침대에서 보내야 했다. 노인의 유일한 낙은 침대 옆 창문을 바라보는 것이었다. 바깥이 잘 보이도록 창문 주변이 깨끗했으면 좋았겠지만, 창문 주변에는 뾰족한 가시를 품은 선인장 여러 개가 어지러이 놓여 있었다. 오랜 병원 생활에 노인의 건강은 점점 악화되고 있었다.

이때 나는 영상에서 노인이 있는 주변 환경에 관해 이야기했다. 날카로운 칼이나 뾰족한 송곳 등을 자주 보면 심리적으로 불안한 감정을 느낄 수 있는데 특히 아픈 사람들에게는 이런 심리적인 영향이 좀 더 크게 나타날 수 있으며, 이러한 불안감은 정신적, 육체적인 피로감으로 전해질 수 있다고 이야기했다.

'네가 무슨 심리학자냐'에서부터 '뾰족한 모양의 식물이 무슨 잘못이냐', '선인장한테 왜 그러느냐'까지 다양한 질책과 악플이 달렸다. 하지만 식물의 모양이 심리에 영향을 미치는 건 원예 치료 효과에 관한 연구를 통해 밝혀진 사실이다. 간혹 관리가 쉽다는 생각으로 환자에게 선인장을 선물하는 경우가 있는데 앞서 말한 이유로 환자 심리에 좋지 않은 영향을 끼칠 수 있으니, 환자에게 식물을 선물할 때는 날카롭고 뾰족한 모양보다는 몬스테라처럼 잎이 넓고 큰 실내 잎보기 식물을 추천하고 싶다.

분갈이는 신경 쓸 것도 많고 까다로운 작업이지만, 난 분갈이를 무척 좋아한다. 식물의 상태를 확인할 수 있고, 흙을 직접 만질 수 있기 때문이다. 향이 좋은 식물을 분갈이할 때면 기분 좋은 향기가 은은하게 퍼지기도 한다. 인위적이지 않은 자연의 향기여서 그런 걸까, 마치 숲속에 있는 듯한 시원함까지 느껴질 때도 있다. 서늘한 흙을 만지고, 식물 뿌리를 조심스럽게 쓰다듬으며 식물과 교감하면 몸과 마음이 정화되는 듯하다. 난 이 느낌이 너무나 좋다.

작년 여름과 겨울에 걸쳐, 아이들을 대상으로 원예 클래스를 진행했다. 아이들을 대상으로 한 식물 수업은 처음이라 최대한 쉽게 설명하면서 수업을 이어 나갔다. 아이들은 작은 손으로 꼬물꼬물, 식물을 만지고 흙을 만졌다.

여름에는 마거리트, 겨울에는 아라우카리아 식물을 함께 분갈이하며 클래스를 진행했는데 아이들이 어리다 보니 어머님들도 함께 참여했다. 특히 겨울에 진행했던 클래스에서는 어머니와 아이가 함께 아라우카리아로 미니 트리를 만들었는데, 둘은 엄청난 집중력으로 집에 놓을 트리를 완성했다. 아이들과 함께하는 클래스는 단순히 식물을 식재하는 것에서 벗어나 그 이상의 보람과 말로는 다 못할 행복감을 얻는다. 직접 만지고 식재한 식물을 반려식물로 데려간다는 의미도 크겠지만, 아이들의 눈을 마주 보면 그보다 더 많은 것을 얻어 가는 듯한 느낌을 받을 수 있다.

반려동물이 아이들에게 긍정적인 영향을 끼친다는 것은 잘 알려진 사실이다. 하지만 모든 아이가 동물을 좋아하는 건 아니다. 내 아이가 동물을 무서워하거나 좋아하지 않을 수도 있다. 그런 경우에는 반려식물을 추천한다. 우리 집 환경 그리고 아이의 성향과 꼭 맞는 식물을 신중히 선택해서 아이에게 선물해 보자. 선물 받은 반려식물을 곁에서 지켜보며 돌보는 동안 아이 내면에서는 관찰력과 집중력, 책임감과 인내심이 자랄 것이다. 반려식물을 함께 돌보며, 반려식물에 관해 이야기하며 아이와 부모의 관계도 깊어질 것이다.

지난겨울, '꽃읽남TV_아이엠그린메이트' 유튜브 채널 커뮤니티에서 설문 조사를 했다.

"여러분은 지금 몇 개의 식물을 관리하고 있나요?"

한두 개의 식물만 키운다. vs 여러 개의 식물을 키운다.

응답자의 90퍼센트 이상이 여러 개의 식물을 키운다고 답했다. 만족스러운 결과였다. 어느 정도 예상한 결과였는데도 이렇게 확연한 차이를 눈으로 확인하니 괜히 가슴이 뿌듯했다.

때로는 집에서 때로는 사무실에서 때로는 근처 공원에서, 사람들이 언제나 식물과 함께하면 좋겠다. 은은한 향기로, 화려한 꽃으로, 초록의 생기로 몸과 마음을 치유하고 활기를 불어넣었으면 좋겠다.

일희일비라는 말이 있다. 나를 비롯한 현재의 우리들은 어쩌면 이 말처럼 살아가는지도 모르겠다. 하지만 식물은 일희일비하는 법이 없다. 집에서 사무실에서 공원에서, 언제나 자기 자리를 지키며 묵묵하게 버틸 뿐이다. 식물을 바라보면 일희일비가 사라지고 마음이 평온해진다.

식물은 우리가 돌봐야 하는 대상이기도 하지만 우리에게 말 없는 가르침을 주기도 한다. 우리의 몸뿐만 아니라 우리의 마음을 치유해 주는 식물들.

아무리 생각해 봐도 함께하지 않을 이유가 없다.

3장

식물을 묻다,
초록을 묻다

너무도 중요한 물, 어떻게 줘야 할까?

햇살이 좋은 아침. 한 여성이 창문으로 들어오는 햇빛을 받으며 기지개를 켠다. 주방으로 가서 커피 물을 올리고, 물이 끓는 동안 말없이 키우는 식물들을 가만히 바라본다. 조용히 몸을 일으켜 화분에 물을 붓고, 다시 테이블에 앉아 따뜻한 커피를 마시며 부드러운 미소를 식물들에게 보낸다.

좋아하는 영화의 한 장면이다. 화면의 색감도 예쁜 데다 평화롭고 조용한 느낌이 마음에 쏙 들었다. 하지만 여기에는 한 가지 큰 문제점이 있었다.

영화 속 여성은 식물의 상태를 살피지 않았다. 그저 자기 기분에 취해 식물이 물이 필요한 상태인지 확인하지 않고 물을 부었다.

식물에게 물은 가장 좋아하는 음식과도 같아서, 부족하다 싶으면 뿌리를 최대한 뻗어 물을 맛보기 위해 안간힘을 쓴다. 적당한 물은 식물에 생기를 불어넣고 성장을 돕는다. 하지만 너무 과하다면? 이미 음식을 잔뜩 먹어서 배가 부른데 또다시 음식을 입에 넣는다면? 맛있게 느껴지던 음식 맛은 사라지고 거북하고 불쾌한 기분이 들 것이다.

그렇다면 식물이 목마른지는 어떻게 알 수 있을까? 가장 쉬운 건, '잎'을 보는 것이다. 잎이 크지 않고, 얇은 식물들은 잎을 통해 목마름을 표현하는데, 잎이 오그라들었거나 아래로 축 처지면서 생기가 없어 보인다면 목마름을 의심해 볼 수 있다. 다육 식물의 경우에는 표면이 전체적으로 쪼글쪼글하다거나 푸석해 보이면 물이 부족한 상태일 수 있다. 다만 상황에 따라 원인이 다를 수 있으니 물을 주어도 상태가 달라지지 않는다면 다른 원인을 찾아봐야 한다.

식물을 감싸고 있는 흙의 상태로도 식물의 목마름을 확인할 수 있다. 작은 화분이라면 식물을 살짝 들어봐도 좋다. 너무 가볍게 들린다면 물이 필요한 상태일 수 있다. 큰 화분이나 식물을 들 수 없는 경우에는 흙이 말라 있는지 잘 살펴보자. 그다음엔 손가락으로 흙을 만져 본다. 눈으로 보는 것보다는 상태를 좀 더 세밀하게 알 수 있다.

조금 더 자세히 식물의 상태를 알고 싶다면 나무젓가락으로 흙을 찔러 보는 것이 좋다. 나무젓가락을 넣을 때는 뿌리가 상하지 않게 천천히 조심스럽게 넣어야 한다. 이렇게 하면 식물의 뿌리가 있는 흙 안쪽까지 수분이 있는지 없는지 확인할 수 있다. 물기가 있다면 나무젓가락에 흙이 묻어 나올 것이다. 이럴 경우 바로 물을 주지 않고 조금 더 지켜보는 게 좋다.

앞에서 말한 여주인공의 행동 중 한 가지 더 마음에 걸리는 게 있었다. 바로 화분에 물을 붓는 방법이다. 시원하게 물을 듬뿍 주는 것은 식물에 좋은 행동이다. 하지만 이때 물은 골고루 부어야 한다. 물을 한 곳으로 자주 주면 흙 안에 '물길'이라는 좁은 길이 생기게 된다. 이렇게 되면 흙이 골고루 젖지 않아 수분이 머무르지 않게 되고, 그 '물길'을 따라 물이 그대로 빠져나오게 된다. 뿌리가 물을 흡수할 시간이 부족해지는 것이다. 나는 물을 줬다고 생각하지만, 정작 식물은 받은 게 없는 안타까운 상황.

어렸을 때 부모님 지시로 집에 있던 화분에 물을 준 적이 몇 번 있었는데, 지금 생각해 보면 그때마다 그냥 화분 한쪽에 물을 확 붓고 말았던 것 같다. 그때 식물은 얼마나 기분이 나빴을까. 이렇듯 물을 줄 때는 여러 방면으로 골고루 줘야 한다. 숫자 '3'을 기억하면 편하다. 화분에 있는 흙을 눈으로 삼등분하고, 물통에 들어 있는 물도 삼등분하여, 각 영역에 골고루 나누어 붓는 방법이다. 이렇게 하면 물을 영역별로 고르게 줄 수 있다.

이렇게 영화 속 주인공의 문제점을 지적했지만, 난 이 장면을 좋아한다. 키우는 식물들을 바라보며 부드러운 미소를 건네는, 식물과 교감하는 사람이라면 누구나 아는 그 행복감이 느껴지기 때문이다.

"얘는 물을 언제 줘야 해요?"

식물을 사는 사람들이 가장 많이 묻는 말이다.

솔직히 말하면, 나도 모른다. 이 질문에 대한 정답이 있는지도 모르겠다. 식물에 물을 주는 주기는 따로 없고, 그것을 정해

놓을 필요도 없다. 식물이 놓인 환경이 저마다 다르기 때문이다. 주기를 강박적으로 외우지 말고 식물에 물이 필요할 때, 그때 물을 듬뿍 주면 된다. 그러려면 늘 식물에 관심을 두고 잘 살펴야 한다.

식물에 물을 줄 때는 관심과 관찰이 필요하다. 관심 더하기 관찰, 거기에 숫자 '3'까지 기억하고 실천한다면 화룡점정일 것이다.

식물을 키우는 데는 이성과 감성이 필요하다. 별문제 없이 잘 자라는 식물에 기뻐하고 고마운 마음으로 대해야 하지만, 끊임없이 상태를 관찰하고 관리하는 이성적 판단도 해야 한다. 이 점을 유념하고 식물과 함께하는 평화로운 일상을 만들어 보는 건 어떨까? 물론, 영화 속 주인공이 저지른 실수는 반복하지 말아야 할 테지만 말이다.

 식물도 분갈이를 좋아할까?

'분갈이'라는 말을 들어봤을 것이다. 말 그대로 화분을 바꿔주는 것, 기존 화분에 심겨 있던 식물을 새로운 화분에 옮겨 심는 것을 말한다. 화분뿐 아니라 기존에 있던 흙도 새롭게 바꾸기 때문에 '흙갈이'라고 표현하기도 한다. 즉 분갈이는 단순하게 '화분만' 새것으로 교체하는 작업이 아니다. 화분과 흙까지 모두 바꾸는 일을 말한다.

식물에 대한 지식이 없는 사람들에게 분갈이는 막연하고, 귀찮게 느껴질 것이다. 온라인에는 분갈이에 대한 정보가 넘쳐난다. 하지만 정보가 조금씩 달라서 의욕적으로 알아보던 사람들도 대부분 전문 매장을 찾게 되는 경우가 많다. 분갈이를

하는 여러 과정을 떠올리면 이해가 된다.

분갈이는 자주 하는 것이 아니다. 식물에게 분갈이는 이사를 하는 것과 같다. 사람도 이사를 자주 다니면 피곤하듯이 식물도 마찬가지다. 잦은 환경 변화는 식물에게 스트레스를 야기할 수 있다. 그러므로 분갈이는 꼭 필요한 경우에만 제한적으로 하는 것이 좋다.

"분갈이를 실패한 적은 없어요? 아니면 분갈이하고 나서 식물 상태가 안 좋아진 경험은 없었어요?"

간혹 이렇게 묻는 분들이 있다. 질문에서 분갈이를 하고 싶지만 두려워하는 마음이 느껴진다.

분갈이가 까다로운 식물들이 있다. 몬스테라, 금전수, 작은 다육 식물처럼 뿌리와 흙이 잘 분리되는 식물들은 중심을 잡기가 어렵다. 이 경우에는 한 번에 분갈이를 하지 못하고 두 번에 걸쳐서 진행하기도 한다. 하지만 기본만 잘 지키면 분갈이를 실패할 걱정은 하지 않아도 된다.

우리가 흔히 알고 있는 분갈이 순서는 다음과 같다.

1) 기존의 화분에서 그대로 식물을 꺼낸다.

2) 새로운 화분에 배수망을 넣고 돌을 깐 뒤 꺼낸 식물을 넣고 흙을 채운다.

3) 흙이 유실되지 않도록 마사토나 화산석 등을 넣어 잘 마무리한다.

이 순서를 생각하면서 지금부터 소개하는 세 가지만 잘 지키자.

첫째, 화분에서 식물을 꺼낸 후 뿌리에 묻어 있는 흙을 털어 내거나 가볍게 눌러 준다. 흙을 털 때는 뿌리가 다치지 않게 조심히 털어야 한다. 오래된 흙은 잘 털어지지 않고 뭉쳐 있을 수 있는데, 뭉친 부분을 손으로 마사지하듯 부드럽게 누르며 풀어 준다. 그래야 분갈이 후 물을 주었을 때 물이 잘 스며들 수 있다. 흙이 털어지지 않는다고 힘을 세게 주면 뿌리가 상할 수 있으니 주의해야 한다. 이때 변색되거나 상한 뿌리는 자르는 게 좋다.

둘째, 새로운 화분에 식물을 넣고 흙을 채울 때는 화분을 가볍게 흔들면서 채운다. 간혹 새로운 화분에 흙을 가득 채우려고 하는 경우가 있다. 식물에 영양을 주고 터전이 되는 흙을 최대한 많이 담으려는 마음일 것이다. 하지만 흙을 꾹꾹 세게 눌러 담으면 배수에 방해가 되기 때문에, 화분을 가볍게 흔들어 주면서 뿌리 사이사이에 흙이 들어갈 수 있게 골고루 채워 주는 것이 좋다. 이때 식물이 넘어지거나 화분의 흙이 부족할 것 같아 불안하다면 화분의 가장자리 정도만 조금씩 누르길 바란다.

셋째, 분갈이를 마친 후 식물에 바로 빛을 보여 주지 않는다. 새집에 이사 온 식물에겐 아직 적응할 시간이 필요하다. 식물이 옮겨진 화분, 흙에 적응할 수 있도록 기다려 주자. 분갈이 후 바로 직사광선이나 강한 빛을 보여 주는 것은 식물에게 부담이 될 수 있으므로, 분갈이 직후에는 약 일이 주 정도 반음지에 두면서 서서히 일조량을 늘리는 것이 좋다.

이 부분만 주의하면 누구나 문제 없이 분갈이를 할 수 있다.

'성장이 느린 선인장이나 다육 식물은 이삼 년에 한 번씩 분갈이를 하고, 성장이 빠른 식물들은 일 년에 한 번씩 하라.'

'작은 화분은 일 년에 한 번, 큰 화분은 이 년에 한 번 분갈이를 해야 한다.'

분갈이 시기에 관한 말들이다. 하지만 우리 부부는 이렇게 기간을 정해 두고 분갈이를 하지는 않는다. 물 주는 시기가 정해져 있지 않듯이 분갈이 시기도 정해져 있지 않다고 생각하기 때문이다.

일 년에 한 번 분갈이를 해 주기로 마음먹고 달력에도 표시해 두었는데 이끼나 잡초가 많아져서 통풍을 방해한다면, 표시한 날짜까지 기다려야 할까? 그럴 때는 일단 이끼나 잡초를 제거하고 그게 잘 안 된다면 분갈이도 생각해 봐야 할 것이다. 굳이 그 날짜까지 기다릴 필요가 없다. 당장 아픈 사람에게 날짜가 되지 않았으니 치료를 기다리라는 것과 무엇이 다르단 말인가.

이렇듯 저마다 처한 환경에 따라 분갈이 시기가 다르고, 분갈이를 하지 않아도 되는 경우도 많다. 나는 분갈이가 꼭 필요한 경우가 아니라면, 굳이 분갈이를 추천하지 않는다. 지금 충분히 잘 살고 있는데 굳이 환경을 바꿀 필요가 없지 않은가. 그렇다면 분갈이가 꼭 필요한 경우는 대체 어떤 때일까?

키우는 식물에서 다음과 같은 현상이 지속된다면 분갈이를 생각해 보는 것이 좋다.

1) 물을 듬뿍 주었는데 흙 표면이 너무 빨리 마른다.

2) 물이 잘 내려가지 않아 흙에 물이 고여 있다.

3) 뿌리가 화분 안에 가득하여 화분의 아래쪽이나 위쪽으로 삐 져나왔다. 뿌리가 꽉 차지 않아도 삐져나올 수 있으므로, 이 런 경우 일단 식물을 꺼내 확인해 보는 것이 좋다.

4) 잎이 노란색이나 암녹색, 갈색 등으로 변했다.

5) 뚜렷한 이유 없이 시들시들하거나 힘이 없어 보인다.

내 반려식물에 관심을 가지고 잘 관찰하여 상태를 잘 파악 하는 것이 중요하다.

어제 옆집에서 분갈이를 한다길래……. 혼자 하면 외롭잖아요. 잘 모르기도 하고. 그래서 옆집 하는 김에 저도 제 식물 데려가서 같이 했어요. 너무 좋더라고요.

한 식물 관련 커뮤니티에 올라온 글이다. 글쓴이는 좋았을지 몰라도 식물 입장에서는 전혀 좋지 않았을 것 같은 느낌이 강 하게 들었다.

반려식물이 정말 분갈이가 필요한지 상태를 살펴서 분갈이를 결정했다기보다는 옆집이 하는 김에 따라 했다, 혼자 하려면 외롭고 심심한데 같이하니까 재미있었다는 등 반려인에 초점을 맞춘 글들을 보면 기분이 씁쓸하다. 아직 반려식물에 대한 인식이 인간 중심적인 사고에서 벗어나지 못했음을 보여주는 방증일 것이다.

분갈이는 남들이 한다고 하거나, 그냥 하고 싶어서 하는 게 아니다. 분갈이를 할 때는 내 식물에 대한 관찰이 선행되어야 한다. 지속적인 관심과 꾸준한 관찰로 하게 되는 분갈이는 막연한 두려움을 넘어 식물과 내가 '막역한 사이'로 나아가는 중요한 발판이니까 말이다.

식물에 겨울잠이 필요한 이유

겨울잠을 자는 동물이 있다. 에너지와 체온 유지를 위해 동면에 들어가는 것이다. 그렇다면 에너지를 유지할 필요가 없어지면 겨울잠을 자지 않을까?

먹을 것이 부족해지는 겨울이 되면 야생의 곰은 겨울잠에 들어간다. 하지만 동물원에서 생활하는 곰은 겨울잠을 자지 않는다. 동물원에서는 일 년 내내 먹이를 제공받기 때문이다. 열대 지역에서 생활하는 곰도 먹을 것이 풍부해서 겨울잠을 자지 않는다고 한다.

그렇다면 식물은 어떨까? 식물도 상황에 따라 겨울잠을 잘까? 극한 지대에 사는 식물도 있지 않은가. 그런데 겨울잠을 자는 식물은 알려진 바가 없다. 식물에게는 겨울잠이 필요하지 않은 걸까?

나는 식물도 겨울잠을 잘 거로 생각한다. 겨울이 되면 주변 환경이 달라지기 때문이다. 그렇다면 실내에 있는 식물은 어떨까? 자연에 있는 식물은 변화하는 자연환경에 상응하여 자기 상태를 맞출 수 있지만, 실내에 있는 식물은 상대적으로 주변 환경의 변화를 느끼기가 쉽지 않다. 그래서 반려인의 도움이 필요하다.

얼마 전, T의 사무실에 방문했다. 이런저런 이야기를 나누는데 사무실 구석에 있는 커다란 고무나무가 눈에 띄었다. 한눈에 봐도 상태가 썩 좋아 보이지 않아서 T에게 물었다.

"저기 있는 고무나무는 어디가 안 좋은가요?"

"아 그게 참, 겨울 지나고 나니까 상태가 안 좋아졌어요. 원인도 모르겠고, 크기도 커서 어떻게 할 수도 없고. 그래서 그냥 두고 있어요."

T의 사무실 한구석을 차지한 고무나무는 확실히 일반 가정집에서 키우는 고무나무보다 목대도 굵고 키도 컸다. 그래서 안 좋은 상태가 눈에 더욱 잘 보였다. 평소처럼 관리했는데 왜

겨울이 지나고 나니 상태가 안 좋아진 걸까?

원인은 과습이었다. 과습은 물기나 습기가 지나치게 많은 상태를 말한다. 계절의 특성을 살피지 못하고 물을 준 데다가 춥다고 문을 꼭꼭 닫아걸어 환기까지 잘 시키지 않았으니, 고무나무가 시름시름 아프기 시작한 것이다.

우리가 겨울을 맞이해 두꺼운 옷을 꺼내고, 방한 용품을 준비하듯이 식물도 겨울을 맞이할 준비가 필요하다. 식물의 종류와 키우는 환경에 따라 조금씩 차이는 있겠지만, 일반적으로 실내에서 키우는 식물에게는 겨울을 맞이하는 네 가지 준비가 필요하다.

1) 물 주는 기간을 늘린다.

겨울에는 물을 자주 주지 않는 것이 좋다. 기온이 떨어지는 데다 일조량도 줄어서 생장이 느려지기 때문이다. 이런 상황에서 물을 열심히 주면 식물이 체할 수 있다. 그럼 물의 양을 줄이면 되겠다라고 생각할 수도 있지만, 식물에게는 물의 양을 줄이는 것보다 물을 주는 기간을 조절하는 것이 좋다.

또한 찬물보다는 실내 온도와 비슷한 온도의 미지근한 물을 주는 게 좋다. 찬물을 그냥 줄 경우 뿌리 부분이 얼 수도 있기 때문이다.

2) 식물이 있는 공간은 섭씨 10도 이상으로 유지하자.

같은 실내라도 집 안 곳곳의 온도는 다르다. 그러므로 추위에 약한 식물이라면 집에서 좀 더 따뜻한 위치로 자리를 옮기는 게 좋다. 특별히 추위에 약한 식물이 아니어도 겨울에는 섭씨 10도 이상의 온도가 유지되는 공간에 놓는 게 좋다.

T처럼 사무실에서 식물을 키우는 경우도 많다. 이럴 때는 조금 더 주의가 필요하다. 퇴근 후 보일러가 돌아가지 않는 추운 장소에 식물이 오랜 시간 방치되기 때문이다. 이때는 신문지나 에어캡 등 방한 용품으로 식물을 포함한 화분 전체를 감싸 준다. 털모자를 쓰고 두꺼운 코트를 껴입듯이 식물에도 옷을 입히는 것이다. 또한 차가운 공기는 아래로, 더운 공기는 위쪽으로 흐르기 때문에 겨울에는 식물을 바닥보다는 선반 위등 따뜻한 공기가 머무는 곳에 두는 것이 더 좋다.

3) 습도는 40퍼센트 이상을 유지한다.

겨울은 건조하다. 오랜 시간 습도가 낮은 상태가 지속되면 식물에는 다양한 이상 현상이 발생한다. 잎끝이 마르거나 잎 가장자리가 괴사할 수 있고, 꽃이 시들거나 꽃이 피지 않을 수도 있다. 실내 습도가 너무 낮다면 가습기 등을 이용해 습도를 올려야 한다. 이때 습도는 40퍼센트 이상이 좋다. 습도가 너무 낮으면 해충이 발생할 수도 있다. 병충해는 축축한 곳이 아니라 건조한 환경에서 잘 번식한다는 것을 기억하자. 반대로 습도가 너무 높으면 곰팡이가 생기기 쉬우므로, 적정 습도를 맞추는 것이 중요하다.

4) 날이 추워도 환기는 필수!

T의 사무실에 있는 고무나무가 아팠던 가장 큰 이유는 통풍이었다. T의 사무실에는 창문이 없었다. 그러다 보니 제대로 환기가 되지 않았다. 고무나무의 병은 여기서부터 시작되었다. 날이 추워지면 환기를 잘 하지 않는 집이 많은데 이는 사람뿐만 아니라 식물에도 좋지 않다. 창문을 자주 열고 환기를 해야 공기가 정체되지 않고 흐를 수 있다. 통풍에 의한 자연스러운

공기 순환은 식물 생장에 필수 요소다.

또한 겨울에는 태양의 고도가 다른 계절보다 낮아져 집 안으로 햇빛이 깊숙하게 들어온다. 대신 낮이 짧아서 일조량이 줄고, 식물에 필요한 빛의 양을 채우기가 어려워진다. 일조량이 적은 만큼 화분을 돌려가면서 골고루 햇빛에 노출시키는 것도 겨울철 식물 건강에 도움이 된다.

몇 년 전부터 식물 카페가 늘고 있다. 꽃과 식물을 활용한 인테리어로 흡사 식물원에 온 듯한 느낌을 준다. 아름다운 꽃과 푸르른 식물 속에서 즐기는 차 한잔. 상상만 해도 마음이 정화되는 것 같다. 이렇게 식물을 콘셉트로 한 카페가 아니라도 요즘 인테리어에 식물은 필수가 된 것 같다. 그런데 문제는 식물들을 잘 관리하지 못한다는 데 있다.

지난겨울, 카페를 하는 동생이 내게 사진을 보냈다. 사진에는 카페에서 키우는 식물들이 집단 냉해를 입은 모습이 담겨 있었다. 냉해는 겨울철에 식물들이 많이 입는 피해 중 하나다. 겨울에는 창문을 활짝 열지 않고 일부만 조금 열어서 환기하는 경우가 많은데, 이럴 때 창문 가까이 있던 식물이 피해를 보곤 한다. 짧은 시간이라도 차가운 바람을 아주 강하게 집중적으로 맞으면 냉해를 입을 수 있다.

식물이 냉해를 입었다면, 상한 부위를 잘라내고 이전보다 조금 더 신경 써서 관리해야 한다. 환기할 때 식물을 안쪽 공간으로 옮기거나, 식물이 없는 쪽의 창문을 여는 게 좋다. 아니면 조금 덜 추운 시간대인 낮에만 창문을 열어 환기하는 방법도 있다.

나는 동생에게 냉해 입은 식물을 돌보는 방법과 겨울철 관리법을 알려 줬고, 다행히 동생은 냉해를 잘 극복했다.

식물이 있는 곳과 없는 곳의 차이는 생각보다 크다. 그리고 그 차이는 식물의 생명력에서 온다. 식물의 생명력은 관리하는 사람에 따라 달라진다. 나와 함께하는 식물의 생명력을 끌어올려 줄 것인가, 무관심 속에 시들어 가도록 방치할 것인가. 이번 겨울에는 섬세한 관리로 식물과 함께 겨울을 잘 이겨내길, 그리고 나서 몇 배로 돌아올 그 생명력을 온전하게 느껴보길 바란다.

 식물을 죽이는 행동들

아내와 함께 식물 관련 강의 영상을 찍게 되었다. 어떤 이야기를 하면 좋을지 우리는 머리를 맞대고 고민했다. 여러 사람에게 도움이 되는 내용을 담고 싶었다. 긴 분량이 아니었으므로, 짧지만 임팩트 있는 내용이 필요했다. 그동안 사람들이 털어놓은 걱정과 고민을 떠올렸다. 정성을 다해 관리했는데 식물이 죽었다, 왜 죽었는지 이유를 알 수가 없어서 답답하고 또 이렇게 될까 봐 무서워서 식물을 못 키우겠다 등등.

식물이 아픈 데는 여러 가지 이유가 있다. 식물마다 특성이 있고, 놓인 환경이 다르기에 아픈 이유를 명확히 찾아내기란 불가능할지도 모른다. 하지만 반려식물의 질환으로 걱정하고 슬퍼하는 반려인들을 모른 척할 수는 없기에, 우리 부부는 식물을 아프게 하는 사람들의 대표적인 해결 행동과 방안을 강의에 담기로 했다.

다음 다섯 가지만 잘 지켜도 큰 문제 없이 반려식물을 키울 수 있을 것이다.

1) 직접적인 노출을 피한다.

햇빛과 바람은 식물이 살아가는 데 필수 요소다. 하지만 직접적으로 노출시키는 건 자제하는 것이 좋다. 식물에게 햇빛은 좋은 것이고 통풍과 환기는 중요하니까, 별생각 없이 건물 바깥 혹은 베란다에 식물을 두고 가장 햇빛이 잘 들어올 때 강한 빛을 받게 한다. 또는 여름에 물을 주고 나서 선풍기 방향을 식물 쪽으로 하여 강한 바람을 쐬어 준다. 왠지 관리를 잘하는 것 같아 뿌듯하지만, 실상은 그렇지 않다.

장시간 직사광선에 노출되는 것은 식물에 좋지 않다. 특히 실내 관엽 식물에게는 치명적일 수 있다. 직접적인 바람은 수분을 날아가게 하여 건조증을 유발하고 잎을 마르게 한다. 집중적으로 찬 바람을 쐬면 냉해가 발생하기도 한다.

따라서 직접적인 햇빛 노출을 피하고, 선풍기나 서큘레이터를 식물로부터 먼 곳에 놓거나 위쪽을 향해 틀어 놓는 게 좋다. 공기 순환을 만들어 냄으로써 자연스럽게 통풍을 시키는 것이다.

2) 잦은 분갈이를 피한다.

앞서 말했듯이 분갈이를 꼭 해야 할 때도 있다. 하지만 그렇지 않다면 분갈이는 되도록 하지 않는 게 좋다.

식물을 사랑하는 A와 B가 있다. A는 식물을 데려오기 전 새로운 화분을 사 두었고, 꽃집에서 식물을 사 오자마자 식물이 담겨 있던 화분에서 자기가 사 놓은 새 화분으로 분갈이를 했다. B는 식물을 너무 좋아해서 여러 식물을 키우고 있었다. 그런데 키우던 식물 중 하나에 문제가 생겨서 분갈이를 하게 되었다. 고민하던 B는 큰 결심을 했다. 이참에 다른 식물들도 모두 분갈이를 해야겠다고 말이다. 한 번에 싹 새로운 화분으로 바꾸면 보기에도 좋고 기분도 좋을 것 같았다. 식물들도 예쁜 화분에 옮겨 주면 좋아하겠지? B는 날 잡고 집에 있는 모든 식물을 한꺼번에 분갈이했다.

이 두 가지 경우는 분갈이의 가장 나쁜 사례다. 부디 식물에게도 적응할 시간을 주면 좋겠다. 여유를 가지고 식물의 변화를 지켜봐 주길 바란다.

3) 규칙적인 물 주기를 피하라.

이때 말하는 규칙적인 물 주기란 '관찰과 확인 없이' 기계적, 규칙적으로만 물을 주는 것을 말한다. 식물에게 물을 주는 기본 원칙은 다음과 같다.

우선 화분을 체크한다. 잎이나 줄기 상태를 보고 특히 흙을 확인해야 한다. 흙이 말라 있다면 물뿌리개나 샤워기로 흠뻑 물을 주는 것이 좋다. 잘 모르겠다면 나무젓가락을 이용해 흙을 찔러 보고 흙 속 건습도를 확인하면 된다. 나무젓가락으로 흙을 찔러 볼 때는 식물의 뿌리가 다치지 않도록 조심스럽게 찔러야 한다. 이렇게 식물의 상태를 확인한 후에 물을 주는 것이 원칙이다. 반드시 지켜야 하는 약속처럼 일정을 정해 두고 물을 주는 것은 오히려 과습을 불러와 식물을 상하게 하기 쉽다. 또한 여름에는 너무 더운 낮은 피하고, 겨울에는 조금은 따뜻한 날을 골라 미지근한 물을 주는 것이 좋다.

4) 과유불급을 피하자.

식물을 너무 사랑하는 나머지 각종 영양제나 비료를 잔뜩 주는 경우가 있다. 식물 상태에 따라 사용 권장량을 지켜서 알맞게 주면 좋지만, 식물이 기운 없어 보인다고 생각 없이 비료나 영양제를 사용하는 건 식물을 죽이는 행동이다.

비료와 영양제를 너무 많이 주면 식물은 그 안에 들어 있는 요소를 전부 소화할 수 없다. 오히려 식물에게 있던 영양분들이 밖으로 빠져나가는 역삼투압 현상을 초래하기도 한다. 과한 행동은 모자람만 못하다. 비료나 영양제에 관심을 갖기보다는 식물의 기본 환경에 신경 쓰는 것이 바람직하다. 기본만 지킨다면 식물은 충분히 스스로 영양을 얻을 수 있다.

5) 식물을 방치하지 말자.

식물을 활용한 인테리어를 플랜테리어라고 한다. 플랜트Plant와 인테리어Interior의 합성어로, 식물에 대한 관심이 높아지면서 생겨난 신조어다. 이제 식물은 인테리어에서 빼놓을 수 없는 요소가 된 듯하다. 하지만 식물을 인테리어로'만' 취급하는 것은 옳지 못하다. 식물은 생물이기 때문이다. 매일 식물을 살펴고, 이미 시들어 버린 꽃이나 회복되지 않는 잎이 있다면 정리해야 한다. 그렇지 않으면 식물 전체에 골고루 양분이 가지 않을 뿐만 아니라 다른 멀쩡한 부분에도 안 좋은 영향을 끼칠 수 있다.

또한 먼지가 뽀얗게 쌓인 잎도 깨끗한 수건으로 닦아 주는 것이 좋다. 약간의 먼지는 큰 문제가 되지 않지만, 먼지가 많이 쌓이면 식물의 광합성을 방해하여 병충해가 발생하기도 한다. 수건으로 닦지 못할 만큼 먼지가 쌓였다면 샤워기나 물뿌리개를 이용해 물로 씻길 바란다.

자연에서 식물은 스스로 살아가는 힘이 있지만, 인간에 의해 실내로 들어오는 순간 자생력을 잃는다. 자연환경이 차단되기 때문이다. 반드시 우리의 관심과 도움이 있어야만 잘 살아갈 수 있다. 그래서 '반려식물'이라는 말이 생긴 게 아닌가 싶다. 여기에서 소개한 다섯 가지 기준을 지켜서 나와 함께 사는 반려식물을 건강하게 잘 키우는 반려인이 되길 바란다.

생기와 풍성함을 얻는 방법

대한민국은 현재 세계 출산율 최하위로 OECD 국가 중에 서는 꼴찌다. 인구 절벽이 가속하는 가운데, 아이러니하게도 세대수는 증가했다. 1인 가구 혹은 2인 가구가 증가한 것이다. 문화와 시대 상황이 달라지면서 세대 구성이 변화했다. 아이를 키우기 부담스러운 부부나 독립해 혼자 사는 사람들이 반려동물을 키우기 시작했다. 개와 고양이를 비롯한 기니피그, 햄스터 등 저마다의 매력으로 귀여움을 어필하는 동물들의 활약으로 반려동물 시장이 기하급수적으로 커졌다.

그리고 그 대상이 식물에까지 확장되었다. 식물에 대한 관심이 높아지면서 집에서 혹은 회사에서 식물을 키우는 사람을 쉽게 볼 수 있다. 누구나 내가 키우는 식물이 좀 더 풍성하게, 오래오래 싱싱하고 건강하게 자라길 바랄 것이다. 하지만 식물을 풍성하게 키우는 건 생각보다 쉽지 않다. 특히 실내에서는 더욱 어렵다.

얼마 전 메일을 한 통 받았다. 메일에는 질문과 함께 식물 사진이 여러 장 첨부되어 있었다. 하나같이 힘없이 늘어진 상태였다. 식물 주변을 보니 대부분 어두운 곳이나 사방이 막힌 구석에 식물을 놓아둔 것 같았다. 나는 당장 식물들을 베란다나 빛을 받을 수 있는 곳으로 옮기라고 답장했다.

실내에서 식물을 키우는 사람들이 가장 많이 간과하는 것이 햇빛, 일조량이다. 물도 잘 주고, 창문도 자주 열어서 환기도 잘하는데, 게다가 영양제도 챙겨 주는데 식물이 건강하지 않은 모습이라면 햇빛 부족이 원인일 가능성이 높다. 빛이 잘 들어오지 않는 곳에 식물을 두었다면 특히 더 의심해 봐야 한다.

햇빛은 식물 생장의 필수 요소다. 일조량이 부족하면 식물은 잘 성장하지 못하고 꽃이 피었다고 해도 금방 시들어 버린다. 햇빛이 강하지 않은 날에는 화분을 야외에 내놓는 것을 추천한다. 자연광이 식물에 생기와 풍성함을 안겨 줄 것이다.

식물을 풍성하게 키우는 데 중요한 또 한 가지 요소는 식물을 담고 있는 화분의 크기이다. 화분은 너무 큰 것보다는 차라리 조금 작은 게 낫다. 식물에 비해 화분이 너무 크면 과습 등의 피해가 생길 가능성이 더 커지기 때문이다. 반면 화분이 너무 작으면, 아무리 물을 골고루 잘 줘도 여유 있게 양분을 만들어 내지 못해 성장할 수 없다. 대체로 화분의 크기와 흙의 양은 비례하는데, 화분이 작으면 흙의 양 또한 적어서 물을 품고 있는 양도 줄기 때문에 큰 화분보다 물을 자주 줘야 한다.

따라서 식물의 생장에는 적당한 크기의 화분이 중요하다. 식물 크기의 약 1~1.5배 정도 크기가 적당하다. 이처럼 식물이 자랄 수 있게 괜찮은 환경을 만들어 주었다면, 이제 필요한 건 적극적인 '실천'이다.

식물에는 본능적으로 위로 곧게 자라려는 특성이 있다. 하지만 이러한 본능을 그냥 방치하면 힘없이 위쪽으로만 성장할 수 있다. 우리가 생각하는 풍성한 느낌과는 전혀 달라지는 것이다. 식물에는 줄기나 가지 끝부분, 뿌리 끝부분에 각각 '생장점'이 있다. 이 '생장점'을 자르면 식물의 특성이 사라진다. 특성이 사라지면, 위쪽으로만 자라려는 의지가 옆으로 넓게 자라려는 의지로 변한다. 앞서 말한 적극적인 '실천'이란 생장점을 잘라서 의지를 변화시키는 것이다.

생장점을 찾기 어렵다면 줄기나 가지의 끝부분, 마지막 잎의 바로 아랫부분을 가위로 자르면 된다. 모든 줄기의 생장점을 자르면 너무 짧게, 옆으로만 넓게 퍼지며 자랄 수 있기 때문에 이 부분도 생각해서 관리하는 것이 좋다. 식물마다 생장점이 다르므로, 생장점을 자르기 전에 해당 식물이 외떡잎식물인지, 쌍떡잎식물인지 확인하고 관리하는 것이 좋다.

외떡잎식물은 생장점이 줄기의 가장 아랫부분에 있어 줄기의 중간 부분이 잘려도 재생이 가능하지만, 쌍떡잎식물은 생장점이 줄기나 가지의 끝부분에 있어 줄기가 잘리면 재생이 어렵다.

특히 지지대나 수태봉을 하는 것이 좋을지, 하지 않는 것이 좋을지를 묻는 경우가 많은데, 지지대를 설치하는 데 정해진 법칙은 없다. 식물이 심하게 불균형 상태로 기울었거나 덩굴식물이라 뭔가 감을 대상이 필요한 경우에는 지지대나 수태봉을 해 주는 것이 좋다. 하지만 굳이 필요 없다면 하지 않아도 괜찮다.

사실 '풍성함'이란 것은 우리가 식물을 바라보는 주관적인 느낌이다.

"이 정도면 풍성하고 예쁜 걸까요?"

"모양을 더 예쁘게 하려면 지지대를 하는 게 좋을까요?"

이런 질문을 하는 분들께 항상 같은 말씀을 드린다.

"여러분들이 보기에 풍성하고 예뻐 보이면 그것으로 충분합니다. 저는 식물을 어떻게 키우는 것이 좋은지 그 방법만 말씀드릴게요."

지금 당장 반려식물의 잎이 풍성하지 않고, 자라는 방향이 마음에 들지 않는다고 조급해하지 않았으면 좋겠다. 꾸준한 관심으로 식물과 교감하며 보살피면 어느새 건강하고 풍성한 모습이 되어 있을 테니 말이다.

지긋지긋한 해충, 어떻게 해야 할까?

당신은 어떤 병충해에 시달리고 있나요?

  식물을 키우는 사람들을 대상으로 설문을 진행한 적이 있다.
역시 1위는 '작은뿌리파리'라고도 불리는 '뿌리파리'였고, 깍
지벌레와 응애가 그 뒤를 이었다.

  식물을 키우면서 병충해를 피하기란 쉽지 않다. 하지만 겁먹
을 이유는 전혀 없다. 시중에는 병충해를 제거하는 많은 제품
이 나와 있고 효과 역시 좋은 편이기 때문이다. 하지만 제품을
사용해도 병충해가 사라지지 않는다면, 관리 방식에 문제가
없는지 되돌아보아야 한다.

해충이 한두 마리 보인다고 해서 당장 식물이 죽거나 병드는 건 아니다. 하지만 해충을 장기간 방치하면 서서히 식물이 병들뿐만 아니라 사람에게도 안 좋은 영향을 끼친다.

지난겨울, 아침에 문을 열고 스튜디오에 들어갔는데 벽에 빨간 점 같은 게 보였다. 저게 뭐지? 하얀 벽에 찍힌 빨간 점이 신경 쓰여서 지우려 다가갔을 때 나는 그것이 살아 있음을 깨달았다. 작고 빨간 점이 움직이고 있었다. 알고 보니 해충의 하나인 응애였다.

응애가 소개라도 해 준 걸까, '흰가루이'라고 불리는 온실가루이도 나타났다. 무늬가 정말 예쁜 스킨답서스를 데려온 이후 뭔가 날아다니더니 잎에 하얀색 벌레가 보이기 시작했다. 스킨답서스를 다른 식물과 격리하고 해충을 제거하려 노력했지만 쉽지 않았다.

진딧물 또한 만났다. 익숙한 모습이 친근했지만 워낙 빠르게 퍼지는 해충이라 서둘러 진딧물이 나타난 식물을 격리하고 살충 작업을 시작했다. 피나타 라벤더에서 보였던 진딧물이 가까이 있던 마거리트에도 퍼져 고생했었기 때문이다.

앞선 설문 조사에서 당당히 1위를 차지한 작은뿌리파리는 이름처럼 식물의 뿌리를 상하게 한다. '버섯파리'라고도 불리는데 습하고 어두운 곳에서 자라는 버섯을 좋아해 그곳에 알을 낳고 번식하기 때문이다. 작은뿌리파리는 흙 위에 알을 낳는다. 알에서 나온 유충들은 본능적으로 어둡고 습한 흙 속으로 파고드는데, 이때 제대로 통풍이 되지 않아 흙이 축축한 상태라면 작은뿌리파리의 유충에겐 더할 나위 없이 좋은 공간이 되어 버린다. 흙으로 들어간 유충들은 수분을 잔뜩 머금고 있는 식물의 뿌리를 갉아먹기 시작한다. 뿌리는 유충의 훌륭한 먹이가 되고, 자연스럽게 식물은 고사하게 된다. 심한 경우, 식물의 뿌리가 하나도 남지 않을 수 있다.

이렇게 유충이 흙 속에서 생활하기 때문에 외부에서 보이는 성충을 제거한다 해도 계속 새로운 성충이 나타난다. 성충은 다시 흙 위에 알을 낳고, 유충은 다시 흙 속으로 들어가며 악순환이 반복되는 것이다.

대부분의 병충해는 관리 소홀에서 비롯되는데, 이 관리라는 게 참 어렵다. 해충은 흙이 너무 축축해도, 너무 건조해도 생길 수 있다. 해충들도 성향이 다양해서, 습한 곳을 좋아하는 해충도 있고 건조한 곳을 좋아하는 해충도 있기 때문이다.

그렇다면, 해충을 발견했을 때 어떻게 해야 할까?

일단 해충이 발견된 식물은 해충이 없는 식물과 최대한 떨어뜨려 놓아야 한다. 그다음에는 물을 이용한다. 진딧물처럼 물에 약한 해충이 나타난 경우에는 분무기에 물을 담아 진드기가 나타난 식물에 뿌리거나, 키우는 식물 크기가 작다면 물이 담긴 커다란 통에 식물을 통째로 담근다.

이렇게 해도 해충이 사라지지 않으면 해당 해충 관련 살충제나 농약을 생각해 볼 수 있다. 농약은 온라인으로 구매할 수 없고 판매처로 직접 가야 구할 수 있다. 하지만 인체에 해로울 수 있어서 추천하지는 않는다. 살충제 역시 식물에 어떤 영향을 줄지 정확히 알 수 없으므로, 반드시 물에 희석해서 사용하길 바란다.

식물에 벌레가 보이면 무조건 살충제를 사용하라는 말이 일종의 불문율처럼 식집사들 사이에서 퍼지고 있다. 하루라도 빨리 해충을 없애야 사랑하는 식물과 우리가 덜 고통받기 때문일 것이다. 하지만 과연 '무조건' 살충제부터 사용하는 것이 답일까?

우리 부부도 처음엔 다양한 제품을 사용해 보았다. 온라인으로 주문한 식물 해충 트랩도 써 보고 직접 구매한 살충제와 농약까지 함께 사용해 보았다. 하지만 잠시 사라진 듯하던 해충들은 며칠 뒤 다시 나타나곤 했다.

우리가 작은뿌리파리, 응애와 같은 해충들을 완전히 없앤 방법은 식물 관리의 기본인 환기와 통풍이었다. 물론 살충제 제품 사용을 병행하긴 했지만 그게 전부는 아니었다. 우선 환기를 자주 했다. 더불어 서큘레이터를 사용하여 식물 주변의 공기를 순환시켰다. 이렇게 삼 주에서 한 달 정도 지속하자 거짓말처럼 해충들이 사라졌다.

즉각적인 해결을 원한다면 약품을 바로 사용해도 좋다. 하지만 그것이 해충을 없애는 근원적인 방법은 될 수 없다. 지금 당장 눈에 보이던 해충이 사라졌다 하더라도 몇 달 뒤, 혹은 몇 년 뒤에 다시금 나타날 수도 있기 때문이다.

식물은 살아 있다. 그래서 조심스럽게 다루어야 한다. 해충이 생겼을 때 물건에 핀 곰팡이를 제거하듯이 거칠게 대하면 안 된다. 이렇게 말하니 식물이 한없이 연약하게 느껴진다. 정말 식물은 해충의 공격에 맥없이 당하기만 하는 연약한 존재일까?

주로 열대 지역에 분포하는 재스민은 향이 아주 강한 식물이다. 재스민은 해충에게 공격을 받으면 주변에 있는 식물이 알 수 있도록 꽃에서 향을 내뿜는다. 이러한 신호를 인지한 주변 식물들은 해충의 공격에 대비해 소화 억제제 성분의 물질을 만들어 내고, 이것을 먹은 해충들은 성장이 더뎌지고 약해지다가 결국 죽음을 맞이하게 된다.

이렇듯 식물도 해충과 치열하게 맞서 싸우고 있다. 그러니 해충이 쉽게 없어지지 않는다고 좌절하거나 스트레스받지 말길 바란다. 서두르지 말고 해충과 싸우고 있는 식물을 옆에서 도와주자. 좀 더 신중하게, 식물 입장에서 생각해 보고 행동하자. 반려식물이 해충을 이겨내고 더욱 굳건해질 수 있게 곁에서 힘이 되어 주길 바란다.

식물에게는 어떤 화분이 좋은 집일까?

우리 부부는 25평 신축 아파텔(아파트와 비슷한 구조의 거주용 오피스텔)에서 신혼 생활을 시작했다. 퇴근하면 곧바로 집으로 향하곤 했는데, 집 주변에는 편의점과 빵집 외에 여가를 즐길 만한 장소가 없어서 주로 집 안에서 시간을 보내곤 했다. 그 시절 집은 내게 힐링 공간이었다.

일 년 정도 지나 이사를 가게 되었다. 옮긴 집은 이전보다 작았다. 생활 공간이 줄어들다 보니 답답한 마음에 이전 집이 그리워졌다. 동네 적응도 어려웠다. 그래서 일부러 동네 주변을 걸어 보기도 하고 장점을 찾고 익숙해지려 노력했다. 사람은 적응의 동물이라 했던가. 우리 부부는 이내 적응을 하고 그 안에서 즐거움을 느끼며 살았다.

다시 한 일 년 정도 지났을까. 보안상의 이유로 다시 집을 옮기게 되었다. 집의 위치는 좋았으나 안타깝게도 생활 공간은 조금 더 줄어들었다. 이 집에서 우리 부부는 삼 년째 잘 살고 있다.

결혼 직후 살았던 넓은 집에서는, 공간이 주는 힐링이 있었다. 하지만 출장 등으로 누군가 한 명이 집을 비우면 느껴지는 허전함이 상당했다. 이따금 공허함마저 들었다. 작은 집은 정확히 반대였다. 넓은 공간에서 느껴지는 힐링감은 부족했지만 상대적으로 안정감은 더 컸다. 이 공간이 우리를 감싸 준다는 느낌이 들어 좋았다.

이처럼 큰 집이든 작은 집이든 장단점이 있고, 사람은 어느 환경에서도 적응하며 살 수 있다. 하지만 식물은 그렇지 않다.

식물은 이사를 싫어한다. 그래서 분갈이를 자주 하면 몸살이 나기도 하고, 너무 넓은 화분에서 지내면 과습으로 상하기도 한다. 좁은 화분에 지내도 탈이 나기는 마찬가지다.

화분에는 식물의 뿌리를 감싸고 있는 흙이 들어 있다. 즉 화분이 클수록 화분 안에는 많은 흙이 담긴다. 화분의 크기와 흙의 양이 비례하는 것이다. 배수층을 두껍게 하려고 자갈 등 돌을 넣을 수도 있지만 대체로 화분이 크면 흙의 양도 많아진다.

흙은 물을 머금는 보수성保水性이 있다. 흙이 많다는 것은 그 안에 수분이 많다는 것을 의미한다. 식물의 크기보다 큰 화분을 사용하는 것은 식물의 뿌리를 더 많은 수분에 노출시키는 것과 같다. 과도한 수분은 흙 속의 공기층을 밀어내어 뿌리가 숨을 쉴 수 없게 만든다. 이것이 바로 실내 식물이 가장 많이 겪는 '과습'이다.

"분갈이해 줄 때 화분 크기는 기존 화분의 1.5배 정도가 좋아요."

나는 이 말을 이렇게 고치고 싶다.

"분갈이해 줄 때 화분 크기는 기존 화분의 1.5배 '이하'가 좋아요."

분갈이할 때는 상상력이 필요하다. 내가 키우는 식물과 견주어 볼 때 식물보다 화분이 너무 커 보이면 그 화분은 구매하지 않는 것이 좋다. 나는 줄자로 크기와 넓이를 정확하게 재는 것보다 느낌과 상상력을 발휘하는 편이 적합한 화분을 고르는데 도움이 되었다.

요즘에는 워낙 다양한 화분이 많다. 통풍에 취약한 단점을 보완하기 위해 플라스틱에 작은 틈을 낸 슬릿 화분부터 고온에서 구워 만든 세라믹 화분, 튼튼한 시멘트 화분과 코코넛 열매로 만든 코코넛 화분까지. 다양한 기능과 디자인의 화분이 넘쳐나서 초보 식집사들을 고민에 빠뜨리기도 한다.

얼마 전 결혼식장에서 오랜만에 지인 E를 만났다. 안부를 묻고 이야기를 나누다가 자연스럽게 키우는 식물 이야기를 하게 되었다. E는 알록달록 다양한 컬러와 가벼운 무게가 좋아서 오랜 시간 플라스틱 소재의 화분만 사용했다고 한다. 그런데 지금은 절대 플라스틱 화분을 쓰지 않는다고 했다. 도대체 무슨 일이 있었던 걸까?

어느 날인가부터 E가 키우는 식물이 하나둘 죽어 가기 시작했다. 당황한 E는 화분이 놓인 위치도 바꿔 보고 영양제도 주며 식물을 살폈다. 하지만 상태는 나아지지 않았고, E는 최후의 방법으로 전체 분갈이를 시도했다. 플라스틱 화분을 싹 다 토분으로 바꿨다. 그리고 얼마 후 식물의 상태가 나아지기 시작했다.

E의 이야기를 들으며 다시 한번 식물에게 화분(화기)이 얼마

나 중요한지를 알 수 있었다. 플라스틱 소재의 화분이 무조건 나쁘다는 게 아니다. 앞서 말했듯 식물의 성향은 저마다 다르고, 그에 맞는 환경을 만들어 줘야 식물이 건강하게 살 수 있다. 화분 역시 그 환경의 중요 요소임을 잊지 말자.

유월 플라워스튜디오에서는 대부분 토분을 사용한다. 통기성이 뛰어나 식물의 뿌리가 숨을 쉬는 데 도움이 되기 때문이다. 개인적으로 토분 특유의 색감과 질감을 좋아하기도 한다. 토분은 다른 화분과는 다르게 겉에 유약 처리를 하지 않기 때문에 화분 자체가 통풍이 가능하여 수분이 비교적 쉽게 증발한다. 따라서 그만큼 과습 피해도 적고, 이로 인해 튼튼한 뿌리와 건강한 잎을 유지할 수 있도록 도와준다.

하지만 단점도 있다. 유약 처리가 되지 않아서 내구성이 취약하다. 시간이 흐르면서 여러 오염 물질들이 토분 안으로 들어오면 토분이 닳아 통기성이 떨어질 수 있다. 또한 많은 양의 물을 주어야 하는 식물에게는 적합하지 않다. 물이 금방 증발하기 때문에 물 부족 현상이 나타날 수도 있다. 만약 물이 많이 필요한 식물이 토분에 자리 잡았다면, 여름에는 특히 물의 양이 충분한지 신경 써야 한다.

토분으로 분갈이를 하려고 해요. 분갈이 직후에는 빛을 보여 주거나 물을 주기에 조심스러운데, 주의해야 하는 게 있을까요?

메일로 문의가 들어왔다. 메일에서 식물에 대한 진심이 느껴져 흐뭇했다. 분갈이를 하자마자 물을 흠뻑 주고 빛도 열심히 보여 주는 사람이 많다. 새 화분으로 옮긴 만족감에 취해 물도 햇빛도 마음껏 주는 것이다. 하지만 이건 식물에게 부담을 주는 행동이다. 새로운 집으로 이사한 식물에게는 적응할 시간이 필요하다. 식물이 새로운 환경에 적응하기도 전에 과하게 물과 빛에 노출하면 식물에 과부하가 걸린다. 낯선 환경에 놓인 것만으로도 긴장되어 피곤한데, 광합성과 같은 과도한 업무가 더해졌다고나 할까. 토분으로 분갈이를 할 때는 새로 옮길 토분을 일정 시간 물에 담그는 것이 좋다. 이렇게 하면 토분이 어느 정도 물을 흡수해서 물을 많이 주지 않아도 식물이 적당하게 수분을 흡수할 수 있다.

"우리는 식물이 아니라 사람인 거 알지? 아무리 식물이 좋아도 집하고 화분을 혼동하면 안 돼."

오랜만에 만난 지인의 말이 귓전에 맴돌았다. 결혼 직후 잠시 살았던 그 넓었던 집이 머릿속에 떠오르며 괜스레 아내에게 미안해졌다. 갑자기 지금 사는 집이 답답하게 느껴지기도 하고. 얼마 전 분갈이한 식물들이 눈에 들어왔다. 순간 부러운 마음이 들었다. 아, 우리도 좋은 집으로 이사 가고 싶다.

 식물과 여름나기

고온다습한 우리나라의 여름은 예측이 어렵다. 어떤 날은 잠 못 이루게 하는 열대야가 기승을 부리고, 어떤 날은 집중호우로 물 폭탄이 쏟아지며, 또 어떤 날은 무시무시한 태풍이 올라와 뉴스 채널이 시끄럽기도 하다. 지구 온난화로 인한 이상 기후로 이런 현상은 더욱 심해졌다. 이렇게 예측하기 어려운 기후 변화 시대에 식물은 어떻게 여름을 날까?

흔히들 여름에는 전기세 폭탄, 겨울에는 난방비 폭탄을 맞는다고 한다. 유월 플라워스튜디오도 그렇다. 높은 전기세의 원인을 생각해 봤다. 역시 주범은 에어컨이다. 찜통 같은 더위는 우리 부부뿐만 아니라 식물들도 버티기 어렵다. 모두의 쾌적

함을 유지하기 위해 에어컨은 필수다.

그뿐만 아니다. 여름에는 다른 계절보다 냉장고가 더 적극적으로 활용되기도 한다. 냉장고에는 주로 꽃을 보관하는데, 온도에 민감한 꽃에 적당한 온도를 맞춰 주고 냉장고에서 나오는 바람으로 적절한 습도를 유지하기 위해 사용한다. 꽃의 생기를 지켜 주는 냉장고는 일 년 내내 돌아간다. 냉장고 온도는 계절에 따라 그날 기온에 따라 매일같이 섬세하게 조절해야 하는데 여름이라고 온도를 너무 낮추면 오히려 꽃을 시들게 할 수 있다.

유월 플라워스튜디오를 오픈한 지 얼마 되지 않았을 때 일이다. 주문받은 꽃바구니를 예쁘게 완성해서 냉장고에 넣었다. 더운 날씨로 인해 꽃이 상하지 않도록 하기 위한 조치였다. 예약 시간에 맞춰 손님이 찾아왔고, 나는 싱싱함이 사라질세라 곧바로 냉장고에서 꽃바구니를 꺼내 전해 주었다. 그런데 얼마 후 활짝 웃으며 스튜디오를 나섰던 손님이 아연한 표정으로 돌아왔다. 본능적으로 무언가 잘못되었음을 느꼈다.

"무슨 문제가 있으실까요?"

"꽃이 갑자기 이상해요."

기분 좋게 스튜디오를 나간 손님은 꽃이 빠른 속도로 시드는 모습을 목격했다. 조금 전까지만 해도 싱싱했던 꽃들이 급습이라도 당한 듯 시들시들 힘이 없었다. 우리는 얼른 다시 꽃바구니를 만들며 죄송하다고 연신 사과를 했다. 손님이 나가고 시든 꽃들을 살펴봤다. 아니, 왜 갑자기 아픈 거니?

　알고 보니 급격한 기온 차가 원인이었다. 일교차가 큰 날씨에는 감기에 쉽게 걸리듯 식물도 갑작스러운 온도 변화에 노출되면 아프기 쉽다. 냉장고 온도를 바깥 기온보다 너무 낮게 설정해 두면 우리와 같은 일을 겪을 수 있다. 냉장고 속 찬 온도에 적응한 꽃이 뜨거운 외부 온도에 노출되면 빠르게 시들어 버릴 수 있기 때문이다.

　'식물들한테 에어컨 틀어 줘도 되나? 자연 바람을 맞게 해야 하는 건 아닌가?'

　처음에는 고민이 됐다. 에어컨에서 나오는 바람이 식물에 해로울 것 같아서 되도록 자연풍을 맞게 하려 했다. 하지만 뜨거운 온도를 버티지 못하고 식물들이 하나둘 시들어 갔다. 그 모습을 보는 내 마음도 바짝바짝 타들어 갔다. 특단의 조치가 필요했다.

식물에게는 통풍과 환기, 즉 공기의 순환이 정말 중요하다. 에어컨과 서큘레이터를 가동하여 뜨겁게 달궈진 채 정체된 공기를 순환하기로 했다. 에어컨이 찬 공기를 배출하고 서큘레이터가 공기를 휘저으니 금세 공기가 쾌적해졌다. 기분 탓인지 모르겠지만 식물들도 한결 편안해 보였다.

식물마다 원산지가 다르고, 그에 따른 특성도 다르다. 고온 다습한 우리나라 여름 환경에서도 잘 버티는 식물이 있는가 하면, 선선한 바람이 부는 봄가을 같은 환경에서만 문제없이 살아가는 식물도 있다. 따라서 내가 키우는 식물이 어디에서 왔는지, 음지를 좋아하는지 양지를 좋아하는지, 가장 좋아하는 온도는 어느 정도인지 같은 기본적인 정보는 알고 있는 것이 좋다.

쏴아―.

갑자기 비가 쏟아졌다. 난 비 오는 날을 좋아한다. 타닥타닥 빗소리를 들으면 이상하게 마음이 편해진다. 내리는 비를 가만히 바라보며 따뜻한 커피를 마시는 순간은 내가 가장 좋아하는 시간 중 하나다.

식물은 어떨까? 나처럼 비를 좋아할까?

비만 내리면 키우던 식물들을 밖으로 내놓는 사람들이 있다. 빗물에는 식물에 필요한 질소 성분이 들어 있기 때문이다. 그래서 식물 덕후들은 빗물을 자연이 주는 '보약'이라고 말한다. 우리 부부도 비가 오면 스튜디오 밖으로 식물을 데리고 나와 가끔 빗물을 맞혔다.

그런데 빗물을 실컷 맞힌 뒤 다시 식물을 데리고 들어와 보니 식물 모습이 말이 아니었다. 영양분을 잔뜩 흡수한 건강하고 힘이 넘치는 모습이 아닌, 땅에서 튄 지저분한 물질이 잔뜩 묻고 군데군데 흙이 팬 지쳐 보이는 모습이었다. 거친 빗줄기에 연약한 잎들이 찢어지고 구멍 나 있기도 했다. 이후로 우리 부부는 빗물에 식물을 맡기지 않는다. 특히 도심에서는 대기 질이 좋지 않아 빗물을 맞히는 걸 권하지 않는다.

그럼에도 식물에게 빗물을 주고 싶다면 빗물을 따로 통에 받아서 주길 바란다. 혹시 수돗물의 염소 성분이 걱정되어 빗물을 주려는 것이라면 수돗물을 하루 정도 받아 놓으시라. 그러면 염소 성분이 대부분 날아가니 안심하고 물을 줘도 된다.

나는 비 오는 날이 좋지만, 장마철을 좋아하진 않는다. 오랜 기간 내린 비로 습도도 높고 눅눅한 공기에 덩달아 기분도 처지기 때문이다. 그럼 식물은 어떨까?

습도가 높은 여름 장마철은 과습에 유의해야 한다. 수시로 먹구름이 하늘을 덮어 낮에도 햇빛을 보기가 어렵기 때문에 흙과 식물 상태를 유심히 살피며 물 주는 기간을 관리해야 한다. 자칫 방치했다가는 과습으로 뿌리가 상하거나 흙 위에 곰팡이가 생길 수 있으므로, 장마철에는 평소보다 밀착 관리가 필요하다.

여름철에는 물을 준 뒤 흙 상태를 잘 살펴야 한다. 물을 주고 나서 물이 얼마나 빠르게 아래로 빠져나오는지, 흙은 얼마나 자주 마르는지 등을 체크해야 한다. 물이 너무 빨리 빠진다면 흙에서 식물을 꺼내 화분의 배수층과 식물 뿌리를 확인해야 하고, 흙이 잘 마르지 않으면 뿌리가 상하지는 않았는지 상태를 점검하고 물 주는 기간을 늘리는 게 좋다.

어린 시절 나는 더위를 거의 타지 않아서 여름 더위가 무서운 줄 몰랐다. 그런데 점차 체질이 변하더니 이제는 여름이 오는 게 두려울 정도로 더위를 많이 타게 되었다. 식물도 성향이 바뀔 수 있다. 사람처럼 식물 자체의 체질이 바뀌는 건 아니지만 키우는 환경과 조건에 의해 얼마든지 성향이 변할 수 있다. 그렇기 때문에 실내에서 키우는 식물은 반려인의 관심이 필요하다. 무더운 여름, 목이 말라 물을 마실 때면 혹시 내 반려식물이 목마른 상태는 아닌지, 과습으로 힘들지는 않은지 꼭 한 번 살펴보길 바란다.

내 집을 예뻐 보이게 하는 방법

"와, 집 정말 예쁘다!"

친한 친구 G의 집에 놀러 간 적이 있다. 20평도 채 되지 않는 작은 집이었는데 답답한 느낌이 전혀 없고, 오히려 쾌적한 느낌이 들었다.

"조명에 신경 좀 썼지."

G는 뿌듯한 표정으로 조명에 대한 설명을 장황하게 늘어놓았다. 하지만 내 눈을 즐겁게 만든 장본인은, 아니 장본식(?)은 따로 있었으니. 바로 초록 잎이 예쁜 관엽 식물이었다.

G의 집은 플랜테리어가 훌륭했다. 아주 작은 화분부터 큰 화분까지 다양한 크기의 식물들이 있었는데, 모든 식물이 조

화롭게 채워져 있었다. G는 한 공간에 대략 두세 군데 식물을 놓아두었다. 여기서 포인트는 자칫 답답해 보일 수 있는 좁은 공간에는 두세 개 정도의 작은 화분을, 상대적으로 넓은 공간에는 한두 개의 큰 식물을 배치한 것이다. 이렇게 하니 허전한 느낌도 복잡한 느낌도 전혀 들지 않고 적당한 공간감과 여유가 느껴졌다.

빈 곳을 적절히 채우는 것도 중요하지만 적절한 배치도 중요하다. 거실과 주방, 안방과 화장실 등 집을 구성하는 장소 중에서도 가장 신경 써야 하는 곳은 현관이다. 그 집의 첫인상이 결정되는 장소이기 때문이다.

G의 집에는 문을 열고 들어갔을 때 자연스럽게 시선이 닿는 정면 벽 선반에 작은 식물과 화병이 놓여 있었다. 올망졸망 빛나는 푸르름과 적당한 크기의 화병을 보니, 낯선 공간에 대한 긴장이 사라지고 곧 들어갈 집 안이 어떤 모습일지 기대가 되었다. 이처럼 문을 열고 들어왔을 때 잘 보이는 위치에 꽃이나 식물을 두면 좋은 인상을 줄 수 있다.

또 한 가지, G의 집에는 꽃과 함께 액자가 있었다. 식물이나 자연을 담은 그림이나 사진이 곳곳에 있어서 밋밋할 수 있는 공간에 입체감을 만들어 주었고, 인위적이지 않으면서도 자연스러운 멋을 연출했다.

무엇보다 내가 G에게 감탄했던 부분은 식물 관리였다. 꽤 많은 식물이 저마다 다른 화분에 다양한 크기로 있었는데, 어느 것 하나 시들시들하지 않았다. 모든 식물에서 생생한 초록빛을 볼 수 있었다. 식물을 키워 본 사람들은 알 것이다. 식물의 잎이 얼마나 잘 변색되는지. 하지만 G가 키우는 식물들에서는 변색된 모습을 찾을 수 없었다. 어떻게 그럴 수 있는지, 지금 생각해도 대단할 따름이다.

식물이 주는 생명의 초록빛은 우리에게 안락하고 편안한 분위기를 만들어 준다. 특히 조화가 아닌 살아 있는 식물은 그들만의 생명력으로 그 공간에 생동감과 활력을 불어넣는다. 같은 공간에 있는 것만으로도 힐링이 되고 충전되는 느낌.

초록색은 자외선과 적외선으로부터 가장 멀리 있어서 사람의 눈을 가장 편안하게 해 준다고 한다. 우리가 숲에 가면 눈이 시원해지는 이유도 같은 맥락일 것이다. 초록빛의 식물은 우리의 마음뿐만 아니라 신체 건강에도 유익하다. 이처럼 우리에게 나쁠 것이 없는 식물 인테리어, 즉 플랜테리어를 멀리

할 이유가 있을까?

"그냥 식물 몇 개 갖다 놓은 게 전부야."

툭 던진 G의 말처럼 '식물 몇 개'만으로도 우리 집에 생기를 불어넣을 수 있다. 혹시 플랜테리어에 관심이 있다면 처음부터 큰 욕심을 부리기보다는 집 안 비어 있는 공간부터 혹은 집에 들어설 때 가장 처음 보이는 부분부터 하나씩 식물을 들여보는 건 어떨까? 그곳이 식물이 지내기 적합하지 않은 공간이라면 식물 사진이나 그림 등을 활용해도 좋다. 그 공간을 어떻게 꾸밀지, 어떤 식물을 데려올지 즐겁게 상상하며 꾸미다 보면 집 안 곳곳에 취향과 추억이 쌓인 나만의 플랜테리어가 완성될 것이다.

음지에서는 식물이 자랄 수 없을까?

"한국의 반지하에는 빛이 거의 들지 않아요. 그래서 식물이 자라기가 힘들죠."

영화 〈기생충〉이 국제적인 관심을 끌자 해외의 한 방송사에서 반지하에서 생활하는 한국인을 인터뷰한 내용의 일부다.

일리 있는 말이다. 반지하에는 실내로 들어오는 빛의 면적이 작을 것이고, 성장하는 데 빛이 필요한 식물에게는 좋지 않은 환경일 것이다. 그렇다면 빛이 없는 곳에는 식물이 없을까? 식물은 빛이 잘 들지 않는 곳에서는 살 수 없을까?

뜨거운 햇볕 아래 선탠을 즐기는 사람이 있고 그늘을 즐기는 사람이 있듯, 식물도 빛을 좋아하는 식물이 있는가 하면 그늘을 좋아하는 식물이 있다. 준베리처럼 빛을 받아야 새순을 내어 주는, 빛을 좋아하는 식물을 '양지 식물', 고사리 종류나 아이비처럼 그늘을 좋아하는 식물을 '음지 식물'이라고 한다.

식물 키우는 사람들 사이에서 널리 쓰이는 '내음력'이라는 말이 있다. 내음력은 '음지에서 버티는 힘'을 말하는데, 음지 식물로 불리는 식물들은 대체로 이 내음력이 강한 편이다.

음지 식물들은 양지 식물들보다 호흡(광합성)하는 속도가 느리다. 그래서 그에 필요한 최소한의 빛의 양도 양지 식물보다 적다. 달리 말해, 음지 식물은 식물이 광합성을 할 수 있는 최대치가 낮기 때문에 빛이 적어도 괜찮은 것이다.

음지 식물에서도 필요한 빛의 양에 따라, 음지에서만 살아가는 절대 음지 식물과 양지에서도 살 수 있는 조건적 음지 식물로 나눌 수 있다. 대표적인 절대 음지 식물로는 수정난풀처럼 광합성을 하지 않아도 되는 기생식물이 있고, 조건적 음지 식물에는 산세베리아나 셀로움처럼 내음력이 강한 관엽 식물이 있다.

잎의 생김새를 보면 음지 식물인지 양지 식물인지를 가늠할 수 있다. 대체로 음지 식물의 잎은 몸체에 비해 넓고 두께가 얇으며, 개수도 많지 않다. 이러한 특징은 빛이 부족한 음지에서는 장점으로 활용되지만, 빛이 많은 곳에서는 단점으로 작용한다. 강한 빛을 받거나 빛이 반사될 수 있는 자리에 음지 식물을 놓으면 노출 시간이 길지 않아도 잎이 타는 등의 피해를 볼 수 있으니 주의하길 바란다.

날이 좋았던 어느 날, 영상 촬영을 하기 위해 길을 나섰다.

유익한 내용이 많아서 즐겨 보던 유튜브 채널에 촬영을 건의했는데, 흔쾌히 받아들여져 촬영이 성사된 것이었다. 설레는 마음으로 들어선 스튜디오는 생각보다 어두웠다. 지하가 아닌데도 빛이 별로 들어오지 않는 구조였다.

그때 스튜디오에 있는 화분 하나가 눈에 들어왔다. 잎이 아주 커다랗고 개수가 많지 않은 관엽 식물, 양지가 아닌 반음지에서도 잘 자라는 부채파초라는 식물이었다. 그런데 상태가 좋아 보이지 않았다. 애초에 많지 않은 잎이 바닥에 떨어져 있고, 아직 떨어지지 않은 잎도 기운 없이 축 처져 있었다.

짧은 휴식 시간, 촬영 내내 눈에 밟힌 화분에 관해 물어봤다.

"저희 스튜디오가 원래 좀 어두워요. 식물을 들여와도 얼마

못 가서 다 죽어 버리더라고요. 그래서 음지에서도 잘 자란다
는 식물을 사 온 건데, 이번에도 그러네요. 저희도 어떻게 해야
할지 몰라서 그냥 포기한 채 지내고 있어요. 아니 근데, 음지
식물이면 빛이 없어도 잘 사는 거 아니에요?"

생존에 필요한 빛의 양에 따라 양지 식물과 음지 식물을 나
누지만, 양지 식물과 음지 식물의 성향은 불변하는 게 아니다.
어디에서 어떻게 키우느냐에 따라 식물의 성향이 달라지기도
한다. 양지 식물이니 음지 식물이니 하는 구분은 사람들이 생
각하기 쉽게 편의상 나눈 표현일 뿐이다. 대부분의 생명에게
빛은 필수적인 생존 조건이다. 음지 식물 역시 그렇다. 필요한
빛의 양이 양지 식물보다 적을 뿐이지 필요하지 않다는 게 아
니다. 빛 없이 자라는 식물은 기생식물 외에는 거의 없다.

즐겁게 촬영을 마치고 집으로 가는 길에 기운 없는 식물의
모습이 자꾸 떠올랐다. 안타까웠다. 그 식물은 앞으로 어떻게
될까? 머지않아 남은 이파리도 떨어지고 줄기는 영원히 고개
를 떨구겠지. 만약 나였다면 당장 상태가 좋지 않은 잎들을 정
리하고 시원하게 물로 샤워를 시킨 뒤에 무리가 가지 않도록
통풍이 잘되는 반음지에 놓아두었을 것이다. 흙이 굳어 버려

서 물을 줘도 소용이 없거나 화분 속이 뿌리로 가득 차 있다면 화분과 흙도 새것으로 교체할 것이다. 아무리 어두운 장소라 해도 물과 환기만 보장된다면 식물은 충분히 적응하며 살 수 있기 때문이다.

식물과 함께 살고 싶다면 먼저 현재 내가 살고 있는 집을 살펴보길 바란다. 식물마다, 그리고 식물의 상태에 따라 살아갈 수 있는 환경이 다르다. 그렇기에 반려식물을 들이기 전에 키우고자 하는 식물의 최저 생육 온도 등 기본적인 생육 조건에 관한 공부가 필요하다. 그런 부분을 알지 못하고 식물을 데려오면 사실 어렵고 막막해지는 것은 반려인이니까.

예쁘고 유명한 소위 핫한 식물을 집에 놓고 싶은 마음은 알겠지만, 집에 하루 이틀 전시하는 게 아니라 그 식물과 함께 살아가고 싶다면 우리 집 상태를 알아야 한다. 청소나 수리할 부분을 말하는 것이 아니다. 식물이 살아갈 우리 집 컨디션을 알아보는 것이다. 거실, 방, 베란다, 화장실, 현관 등 공간별 온도와 습도, 어느 쪽에서 빛이 잘 들어오고 어느 곳은 빛이 잘 들어오지 않는지 등 우리 집의 상태를 체크해야 내가 마음에 품은 식물을 데려올 수 있는지, 만약 안 된다면 데려올 수 있는 식물에는 어떤 게 있을지 판단할 수 있다.

이렇듯 집의 현재 컨디션을 잘 파악하고, 그에 맞는 식물을 데려온다면 반지하나 지하에서도 반려식물과 함께 잘 살아갈 수 있다. 식물에게 빛은 하루종일 필요한 것이 아니다. 자연 상태의 식물은 낮과 밤을 겪으며 필요한 빛을 낮에 흡수한다. 따라서 빛이 부족한 장소라 해도 식물등이나 식물 조명과 같은 인공조명을 설치해 서너 시간 빛을 쐬어 주면 식물이 살 수 있다. 다만 너무 가까이에서 집중적으로 빛을 쏘이면 잎이 탈 수 있기 때문에 식물과 조명에 거리를 두는 게 좋다. 거기에 일주일에 한 번씩 바깥으로 데리고 나가 자연광을 쐬어 주면 식물을 건강하게 관리할 수 있다.

이런 점들을 잘 숙지하면 빛이 부족한 공간에서도 반려식물과 건강하고 즐겁게 살 수 있다. 반려식물을 들이고 싶다면, 두려워하지 말고 도전하길 바란다. 우선 반려식물을 들일 공간의 상태를 확인하고, 그에 맞는 식물을 찾자. 그 식물의 기본 정보를 공부하고 식물을 데려온 후에는 꾸준히 관찰하자. 지속적인 관심으로 식물과 교감하며 보살피면 빛이 부족한 공간에서도 반려식불이 뿜어내는 생기와 푸르름이 가득할 것이다.

빛이 부족한 공간은 식물이 살 수 없는 공간이 아니라, 그래서 더욱 있어야 하는 공간이다. 빛이 채워 주지 못하는 따뜻함과 편안함을 식물에게서 얻을 수 있기 때문이다. 빛이 없는 공간에서 생명을 가꾸는 반려인들에게 응원을 보낸다.

수경 재배에 대한 오해와 진실

어느 늦은 오후, 나이가 지긋한 남성이 매장 문을 열고 천천히 들어왔다.

"여기 혹시 수경 식물은 없을까요? 흙 말고 물에서 키우는 식물이요."

"있긴 한데, 지금은 여기 있는 게 전부라서요. 필요한 게 있으시면 말씀해 주세요. 급하신 게 아니면 다음에 오실 때 준비해 놓겠습니다."

하지만 손님은 괜찮다고 사양하며 나갔다. 그로부터 몇 번더 수경 식물에 대한 문의가 들어왔다. 생각보다 사람들은 수경 재배로 식물을 키우는 것에 관심이 많았다. 나는 사람들에게 수경 재배 식물을 선호하는 이유를 물어봤다.

"물에서만 키우니까 왠지 더 깔끔해 보여요."

"물만 갈아 주면 되니까 키우기 쉬울 것 같아요."

그런데 정말 수경 재배로 식물을 키우는 게 더 쉬울까?

수경 식물은 물에서 재배하는 식물을 말한다. 흙에서 자라는 식물을 수경 식물로도 키울 수 있기 때문에 엄밀히 말하자면 물에서 사는 수생 식물과는 다르다. 흙에서 키우느냐 물에서 키우느냐의 재배 방식에 따른 구분이기 때문이다.

수생 식물은 뿌리가 물속에 떠 있는 부생 식물과 잎은 물 위에 떠 있지만 뿌리는 바닥에 고착된 부엽 식물, 그리고 뿌리는 물속에 있지만 물 위로 줄기가 길게 뻗은 정수식물과 온몸이 물에 잠겨 있는 침수 식물로 나뉜다. 습한 환경에 사는 습지 식물도 일정 부분 수생 식물에 포함되기도 하는데, 습지 식물은 다시 수생 식물과 습지 주변에서 자라는 습생 식물로 분류할 수 있다. 우리가 대부분 집에서 키우는 수경 식물은 뿌리가 물속에 떠 있는 부생 식물이다.

사람들이 수경 재배를 선호하는 가장 큰 이유는 '깨끗해 보이기' 때문이다. 실내에서 식물을 키우다 보면 흙이 날리거나 잎이 떨어져 주변이 더러워지는 경우가 있다. 반려동물이나 아이들이 뛰어다니다가 화분을 쳐서 엎어지는 장면은 상상하고 싶지도 않다. 한번 그런 일을 겪고 나면 흙이 있는 화분은 집에 두고 싶지 않아진다. 실제로 이런 이유로 아이들이 있는 집에서는 식물을 키우지 않기도 한다.

그런데 흙이 없는 식물이라니. 확실히 물로만 식물을 키우면 다르다. 화분처럼 바닥에 두는 일도 드물지만 설사 화분이 넘어졌다 해도 물만 닦으면 되니까 깔끔하고 편하다. 더불어 식물이 담긴 물만 잘 갈아 주면 큰 문제가 없기 때문에 이 또한 너무 간편하다.

그렇다면 식물은 어떨까? 식물도 수경 재배로 자라는 게 더 좋을까? 물을 좋아하고 온도 변화에 민감하지 않아서 물에서 자라는 것을 더 좋아하는 일부 식물도 있다. 하지만 수생 식물이 아닌 대부분의 식물은 흙에서 자라는 것을 더 좋아한다. 심지어 수생 식물 중에서도 부생 식물을 제외한 부엽 식물과 정수식물은 바닥에 있는 흙 속에 뿌리를 내리고 살아간다.

왜 그럴까? 물보다는 흙에 영양분이 더 많기 때문이다. 그래서 오랜 기간 물에서 식물을 키울 때는 수경 재배용 영양액이 필요하다. 흙에 있는 영양분을 따로 챙겨 줘야 하는 것이다.

흙이 날리지도 않고 깔끔해 보여서 반려인에게는 수경 재배
가 좋을 수도 있지만, 식물에게는 그렇지 않을 때가 많다. 수경
재배할 때 물을 제대로 관리하지 못하면 물에 노출되어 있는
뿌리에 치명적인 악영향을 줄 수 있다. 게다가 수경 재배용 화
분으로 빛이 투과되는 유리 소재를 사용할 경우 녹조 현상이
생겨서 식물이 크게 상할 수도 있다.

한여름에도 그늘에 놓인 화분 속 흙에 손가락을 찔러 넣어
보면 차갑다는 느낌을 받는다. 땅속 온도는 지표면 위 온도에
비해 상대적으로 일정한 온도를 유지한다. 쉽게 올라가고 내
려가는 대기보다 온도 변화가 안정적인 것이다. 그래서 한여
름에는 서늘하고, 한겨울에는 따뜻하게 느껴진다.

물은 흙보다 외부 온도에 민감하다. 수경 재배 시 외부 온도
가 올라가면, 물 온도 또한 상승하여 미생물이 발생할 수 있
다. 미생물이 발생하면 물이 상하기 쉽다. 미생물도 산소를 필
요로 하기에 시간이 흐를수록 물에 있는 산소는 줄어들게 되
는 반면, 늘어난 미생물들은 물에 있는 유기물들을 분해하면
서 냄새나는 부산물들을 계속해서 발생시킨다. 물론 적당량의

미생물은 자정 작용을 일으켜 긍정적인 영향을 주기도 하지만 관리하지 않는 물은 시간이 흐를수록 이러한 문제를 야기한다. 여름철에는 냉방을 통해 수온을 신경 써야 하는 이유다.

얼마 전, 이메일 한 통이 도착했다. 메일에는 한쪽 벽면을 가득 채운 수경 재배 식물 사진과 함께 긴 글이 쓰여 있었다.

> 안녕하세요. 단톡방에서 함께 식물을 키우고 있는 식집사입니다. 저희 집 수경 식물을 자랑하고 싶어서 이렇게 이메일을 보냅니다. 저는 결벽증이 있느냐는 이야기를 들을 정도로 깔끔한 성격인데요. 평소 식물을 키우면서 화분을 놓았던 자리에 물 자국이 남거나 흙이 떨어지는 것이 가장 힘들었어요. 그래서 주변에 물어보니 수경 재배 방식으로 벽에 걸어 두는 걸 추천하길래 정말 막연하게 시작했거든요. 그런데 지금은 너무 편합니다. 식물들도 잘 자라 줘서 얼마나 고마운지 몰라요.

물 자국이나 흙에 의한 스트레스가 심한 경우라면 수경 재배가 좋은 방법이 될 수 있다. 하지만 수경 재배를 택하려는 이유가 단순히 토양 재배보다 더 쉬워 보여서라면 말리고 싶다. 동전에 양면이 있듯이 모든 것에는 분명 장단점이 존재하고, 수경 재배에도 어려운 점은 분명히 있기 때문이다.

앞서 말했듯 물 관리가 어려울 수 있다. 물에서 키우는 식물에게는 생장하는 데 물이 큰 역할을 한다. 아무래도 흙보다는 여러 가지 영양분이 부족할 수 있기 때문에 배양액을 공급하는 등 관리에 좀 더 신경 써야 한다.

또한 햇빛이 잘 투과되는 유리 화분을 사용할 경우 물에 녹조 현상이 생기면서 식물의 뿌리가 영양분을 흡수하는 데 방해가 되기도 한다. 따라서 천 소재로 화분을 감싸서 빛이 투과되지 못하게 하거나 햇빛을 반사시키는 소재의 화분을 사용하는 것이 좋다. 녹조 현상이 길어지면 식물 뿌리가 썩으면서 식물이 서서히 죽어 가는데, 이때는 썩은 뿌리를 빠르게 정리하고 녹조가 보이면 물도 갈아 주는 것이 좋다.

수경 재배로 식물을 키우면서 가장 좋았던 점은 너무나 분명하게, 아이들이 성장하는 모습을 볼 수 있다는 거예요. 투명한 물에서 키우다 보니 뿌리가 자라는 모습을 관찰할 수 있고, 상한 모습도 잘 보이니까 관리하는 데 큰 도움이 되었어요.

식물들을 바라보면 마음이 편안해지는데 특이하게도 저는 잎보다 뿌리를 보는 게 좋아요. 뿌리를 보면 눈도 마음도 정화되는 것 같거든요. 혹시 식물을 키우면서 아직 편안한 느낌을 받지 못했다면 수경 재배를 추천하고 싶어요. 식물의 상태를 바로 알 수 있어서 식물과의 교감이 높아지거든요.

재배 방식에 정답은 없다. 우리 집 환경, 키우고 싶은 반려식물의 특성, 내 성향 등을 고려해서 적절한 재배 방식을 택하면 된다. 물에서 키우느냐, 흙에서 키우느냐가 중요한 게 아니라 반려식물에 얼마만큼 관심과 사랑을 쏟느냐가 식물의 상태를 결정한다. 혹시 반려식물을 들이려 한다면, 어디에서 키울까를 생각하기 전에 내가 그만큼 사랑과 관심을 쏟을 수 있을지를 먼저 생각해 보길 바란다.

유튜브 채널 '꽃읽남TV_아이엠그린메이트'와 단톡방에는 오늘도 식물에 대한 질문이 쏟아진다. 이메일, 댓글, 메시지 등 다양한 경로로 들어오는 질문을 보면, 대체로 과습과 분갈이, 병충해 순이다. 부위별로 보면 '잎'과 관련된 질문이 무척 많은데, 아무래도 잎보기 식물을 많이 키우기 때문인 듯하다.

가끔 나를 선생님이라고 부르는 분들이 있는데 이럴 때면 어찌할 바를 모르겠다. 그냥 먼저 공부하고 경험한 사람으로서 약간의 조언을 드리는 정도인데 선생님이라니. 그럴 때면 뿌듯하기도 하고 부끄럽기도 하고 부담스럽기도 한 다소 복잡한 심경을 뒤로하고 질문의 내용에 집중하려 한다.

가장 많이 하는 질문은 '잎의 변색'과 '과습'에 관한 것이다. 과습과 잎의 변색은 밀접한 관련이 있지만, 잎이 변색되는 모든 원인이 과습에 있는 것은 아니다.

잎이 변색되는 원인에는 여러 가지가 있다. 강한 햇빛에 노출된 경우, 냉해나 병충해를 입은 경우, 자연스럽게 노화가 진행된 경우, 햇빛이나 영양분이 부족한 경우, 물이 부족하거나 과한 경우 등. 따라서 식물의 잎 상태가 좋지 않다면 이런 경우에 해당하지는 않는지 한 번쯤 생각해 보는 것이 좋다.

안녕하세요. 꽃 읽어 주는 남자님. 우리 집 식물이 이상합니다. 줄기는 무르지 않고 단단한 편인데 이상하게 잎이 변색되고 자꾸 떨어져요. 이유를 잘 모르겠습니다. 도와주세요.

어느 날, 식물 사진과 함께 구구절절 안타까운 내용의 이메일이 도착했다. 잘 키우고 있던 금전수가 어느 순간 확인해 보니 이렇게 변해 버렸다는 내용이었다. 우리나라에서 '돈나무'라고도 불리는 금전수는 많은 가정에서 키우는 잎보기 식물 중 하나다. 집에 두면 돈이 들어온다는 이야기가 있어서 많은 사람이 키우는데, 키우기 까다로운 식물은 아니지만 건조한 환경을 좋아하는 식물이라 과습을 주의해야 한다.

금전수의 특징과 실내에서 키울 때 주의해야 하는 부분을 이메일로 설명하고, 혹시 분갈이한 지 오래되었는지도 물었다. 분갈이가 필요한 상태인지 확인하는 방법을 설명하며 만약 분갈이를 해야 한다면 식물을 꺼냈을 때 특히 뿌리를 잘 살펴보라고 조언했다. 대부분 뿌리를 정리하지 않고 분갈이하는 경우가 많은데, 과습 등으로 인해 검게 변한 뿌리는 반드시 정리하고 분갈이를 하는 게 좋다고도 덧붙였다.

약 2주 후, 반가운 메일이 도착했다.

알려 주신 대로 분갈이를 하려고 식물을 빼서 살펴봤어요. 그런데 뿌리들이 너무 빼곡하게 얽혀 있더라고요. 물을 준 지 오래되었는데도 아직 마르지 않아 뿌리 부분이 축축했고 끝부분은 삭아서 쪼그라들어 있었습니다. 삭은 부분을 정리하고 축축한 부분은 건조시키고 흙도 갈아 줬더니 훨씬 좋아졌어요. 아이들 상태를 확인해 보고 메일 드립니다. 감사합니다.

그래, 이 맛에 소통하는 거지. 고통받고 있던 반려인과 반려식물이 편안해졌다고 생각하니 뿌듯한 감정이 온몸으로 간질간질 퍼져 나갔다.

오랜 기간 식물을 키워 와서 어느 정도 자신감이 있었는데, 이번 일로 자만하면 안 된다는 걸 깨달았어요.

편지에서 이 부분은 공감하는 바가 커서 여러 번 반복해서 읽으며 마음에 새겼다. 그리고 되뇌었다. '내가 아는 한 줌 지식과 경험으로 모든 걸 안다고 착각하지 말자, 자만하지 말자, 언제나 열린 마음과 생각으로 공부하고 경험하자'고.

수많은 정보가 넘쳐나는 시대다. 워낙 다양한 식물을 키우고 사례도 갖가지라 자기 경험에서 끌어낸 자기만의 답을 주장하는 사람들도 있고, 잘못된 정보가 정답인 양 퍼지기도 한다. 초보 식집사들은 검색 지옥에서 허덕이다가 답을 찾지도 못하고 지쳐 버리는 경우가 많은데, 그중 하나가 바로 '과습'에 관한 것이다. 온라인에 떠도는 이야기와는 다르게, 과습은 단순히 식물에 물을 많이 준다고 해서 나타나는 현상이 아니다. 물을 많이 줘도 배수와 통풍만 잘되면 과습에 걸리지 않을 수 있다. 물이 빠져나가는 배수층에 이상이 있거나, 화분 안에 뿌리가 꽉 들어차 있거나, 혹은 통풍이 잘되지 않아 물 마름이 잘되지 않을 때가 위험하다. 이때 오랜 기간 수분이 흙에 머무르게 되고, 그로 인해 뿌리가 숨을 쉬지 못하는 상태인 과습이 된다.

대부분 과습 증상은 식물의 잎에서 나타난다. 초록잎이 노란색 혹은 다른 색으로 변색된다거나, 잎에 갈색 반점 같은 게 생긴다거나, 또는 잎 끝부분이 마르며 처지는 모습 등이다. 또 다른 증상으로는 뿌리파리 같은 습한 환경을 좋아하는 벌레나 곰팡이가 생길 수도 있고, 물에 생기는 녹조 현상과 같은 초록빛이 화분 흙 위에 보이기도 한다.

그렇다면 과습일 때는 어떻게 해야 할까?

가장 먼저 해 볼 수 있는 건 공기의 순환을 돕는 일이다. 화분 물받이에 물이 있다면 바로 비우고, 그런 다음 나무젓가락으로 뿌리가 다치지 않게 살살 흙에 구멍을 낸다. 그 후 서큘레이터나 선풍기 등을 이용해 환기를 돕는 게 가장 간단하고 손쉬운 방법이다. 이때 서큘레이터나 선풍기 바람이 직접적으로 식물을 향하게 하면 오히려 식물이 건조하여 상할 수 있으니 너무 가깝지 않은 곳에서 바람 방향은 식물 주변을 향하게 한다. 또한 잎 사이 사이 통풍을 위해 상한 잎들은 정리해 주는 것이 좋다.

다음으로 해 볼 수 있는 것은 젖은 흙과 식물의 뿌리를 말리는 방법이다. 화분에서 식물을 조심히 꺼내 흙과 분리한 뒤, 뿌리에 묻은 흙을 털어 주고 신문지나 키친타월에 올려 그늘에서 말린다. 뿌리가 많이 상했다면 상태가 양호한 부분만 남기고 모두 정리하는 것이 좋다. 그러고 나서 물꽂이(물에서 뿌리가 날 때까지 기다렸다가 흙으로 옮겨 심는 방법)를 이용해 잔뿌리를 나오게 한 뒤 다시 흙으로 옮겨 심으면 시들었던 식물을 다시 살릴 수 있다. 식물을 꺼내 말릴 때 흙도 말리는 것이 좋은데 흙을 얇게 펼쳐서 바람이 있는 장소에 두면 보다 쉽게 말릴 수 있다.

하지만 역시 가장 확실한 방법은 새롭게 배수층을 만드는 것이다. 분갈이하듯 새로운 흙으로 갈아 주는 것인데 입자가 굵은 마사토나 난석을 활용하여 화분 바닥에 배수층을 만들고, 기존 분갈이용 흙(상토 또는 배합토)과 마사토를 섞어서 넣으면 과습 피해를 막을 수 있다.

식물로 사람들과 소통하고 지식과 마음을 함께 나눌 수 있는 지금이 참 행복하다. 종종 너무 기본적인 질문을 물어봐서 죄송하다는 분들이 있다. 하지만 가치 없는 질문은 없다. 자기가 진심을 다해 키우는 식물을 잘 보살피고 싶은 마음에 하는 질문이라면 충분히 값지고, 내게도 배움이 된다. 가끔 나도 모르는 질문이 들어올 때면 답변을 하기 위해 공부하면서 새로운 지식을 알게 된다. 질문한 사람과 답변한 사람 모두가 성장하는 기회인 것이다.

문의할 때 식물의 상태를 알 수 있는 사진을 함께 보내면 훨씬 더 정확한 답변을 들을 수 있으니, 꼭 사진과 함께 보내길 바란다. 해당 식물의 자세한 사진을 보면 당장의 상태뿐만 아니라 그동안 식물을 어떻게 관리해 왔는지도 알 수 있다. 그동안 어떤 방식으로 어떻게 관리해 왔는지 알아야 좀 더 확실한 해결책을 찾을 수 있다. 지금 나타난 문제는 장기간 관리의 문제와 밀접한 관련이 있기 때문이다.

식물은 살아 있는 존재이므로, 수학 문제처럼 명확한 근거와 답이 도출되지 않는 경우가 대부분이다. 그래서 일방적으로 정답을 제시하기보다는 질문하는 반려인과 함께 풀어 나가려 한다. 내가 '꽃읽남TV_아이엠그린메이트'를 하는 이유이기도 하다.

식물을 사랑하는 사람들에게 영원히 '꽃읽남'으로 남는 것이 나의 최종 목표이자 꿈이다. '내 식물은 왜 이럴까?'라는 물음이 '아, 내 식물은 이렇기 때문에 이랬구나.'라는 깨달음과 감탄으로 바뀌길 바라면서. 십 년 혹은 이십 년, 그 이후까지도 식물을 키우는 사람들 곁에서 함께 살아가고 싶다.

오늘은 식물

초판 1쇄 발행 2024년 01월 25일

글 김선곤 **그림** 무늬
발행처 주식회사 스푼북 **발행인** 박상희 **총괄** 김남원
편집 길유진 김선영 박선정 김선혜 권새미
디자인 정진희 조혜진 **마케팅** 구혜지 박미소
출판신고 2016년 11월 15일 제2017- 000267호
주소 (03993) 서울시 마포구 월드컵북로 6길 88-7 ky21빌딩 2층
전화 02- 6357- 0050(편집) 02- 6357- 0051(마케팅)
팩스 02- 6357- 0052 **전자우편** book@spoonbook.co.kr

ISBN 979-11-6581-483-0 (03810)

Dreamday 는 스푼북의 성인책 브랜드입니다.